¡POR LA GRAN CUCHARA DE CUERNO!

por Sid Fleischman

Ilustrado por Eric von Schmidt

Traducido por Carlos A. Bliffeld

LECTORUM
PUBLICATIONS, INC.
111 EIGHTH AVE., NEW YORK, NY 10011-5201

¡POR LA GRAN CUCHARA DE CUERNO!

ISBN 1-880507-07-2 (hc)
ISBN 1-880507-08-0 (pbk)

PRINTED IN THE UNITED STATES OF AMERICA

*Para
Betty*

"¡Por la gran cuchara de cuerno!"

Exclamación favorita de 1849

Índice

¡POR LA GRAN CUCHARA DE CUERNO!

1

Los polizones

Un barco de vela, con dos grandes ruedas laterales, salió salpicando del puerto de Boston, en un viaje que lo llevaría bordeando el Cabo de Hornos hasta San Francisco. Bajo cubierta, en la oscura y crujiente bodega, había dieciocho barriles de papas. Dentro de dos de ellos, situados uno al lado del otro, se encontraban dos polizones en cuclillas.

No era una vez, hace muchos años, era justamente el vigésimo séptimo día de enero del año 1849. En California habían descubierto oro unos doce meses atrás y, ahora, corría febrilmente la Fiebre del Oro.

El acreditado barco *Lady Wilma*, atestado y pesado con su carga sobre el agua, se abrió paso hacia el mar. Sus ruedas de paletas se agitaban y el humo de su chimenea manchaba de tinta el helado cielo de invierno. Con 183 pasajeros, sin contar los polizones, se dirigía a los yacimientos de oro. Centenares de buscadores de oro se habían quedado en el muelle implorando por conseguir pasaje. La fiebre de California barría las ciudades, pueblos y aldeas como un viento enloquecedor. Los hombres compraban picos y palas y trataban de ir del este al oeste, lo más pronto posible y todos a la vez.

Durante el segundo día de navegación, justo antes del amanecer, la tapa de uno de los barriles de papas se levantó silenciosamente. Cautelosamente, un hombre elevó sus ojos por encima del borde del barril para mirar a su alrededor. Lentamente, estiró sus largos brazos y piernas. Después se puso en pie un elegante caballero vestido con un traje de paño negro. Él habría sido el primero en admitir que estar doblado en un barril, con un sombrero bombín balanceándose sobre sus rodillas, no era la manera más cómoda de viajar. Cepilló el sombrero y se lo colocó elegantemente sobre la cabeza. Colgó de su brazo un paraguas negro, ya que nunca viajaba sin él, y sacó un par de guantes blancos impecables. Se

4

sentía completamente congelado, pero se permitió a sí mismo una amplia sonrisa. Después dio un golpecito sobre el barril de al lado.

–Todo despejado, señorito Jack.

–¿Es usted, Praiseworthy? –se escuchó una voz joven, apagada, desde las profundidades del barril.

–Su obediente servidor –respondió el hombre y levantó la tapa.

Del barril salió un colegial de doce años. Había estado chupando una papa cruda para calmar su sed. Un mechón de cabello caía sobre su frente como unos borrones amarillos. Nunca se había sentido tan helado, tan hambriento ni tan miserable en su vida. Por otro lado, nunca se había sentido tan feliz. No se habría cambiado por nadie. Sus ojos negros, como la pimienta, brillaban intensamente con la fiebre de la aventura. Olía a papas de la cabeza a los pies. Sentía su fina nariz, que estaba tiznada, como un témpano, pero se permitió a sí mismo una sonrisa de satisfacción.

–Lo conseguimos, Praiseworthy –dijo.

–Realmente lo logramos –señorito Jack.

Jack contempló las formas oscuras de la carga apiladas alrededor de ellos y escuchó el rozar del mar a lo largo del casco de madera. Pensó en su hogar, en su tía Arabella y en el fuego acogedor de la gran chimenea de piedra. No había manera de regresar ahora. Estaban camino hacia los yacimientos de oro.

–¿Tiene hambre? –preguntó Praiseworthy.

–Creo que podría comer –dijo Jack, que no quería dar la impresión de que se quejaba.

–¿Tiene frío?

–He sentido más frío en otras ocasiones –dijo Jack, a pesar que no podía recordar cuándo.

–Sugiero que veamos qué se puede hacer para mejorar

nuestro alojamiento –dijo Praiseworthy, ajustándose firmemente el sombrero–. ¿Vamos?

–¿Ir? –respondió Jack–. ¿Ir a dónde? Esperaba pasar todo el viaje bajo cubierta con la carga. Había leído narraciones terribles acerca del tratamiento que daban a los polizones en alta mar.

–A saludar al capitán, por supuesto –dijo Praiseworthy.

–¡*El capitán*! –Las palabras casi se atragantaron–. Pero nos encadenará, ¡*o algo peor*!

–Déjelo de mi cuenta –dijo Praiseworthy, levantando ligeramente una ceja–. Venga conmigo, señorito Jack.

Jack se llenó de valor al ver la seguridad de Praiseworthy. Desde que Jack podía recordar no había conocido nada que hubiera turbado la calma de Praiseworthy. Con su bombín, su abrigo negro y sus impecables guantes blancos se le confundía fácilmente con un profesional – un abogado o quizás un médico, pero no era nada de eso. Praiseworthy era un mayordomo.

Él era un mayordomo de casta, por adiestramiento y por vocación. Jack había escuchado más de una vez decir a su tía Arabella que Praiseworthy era el mejor mayordomo inglés de Boston. Había estado con la familia de Jack desde que éste podía recordar. Le parecía que siempre había habido un Praiseworthy.

El barco dio un bandazo y los polizones, recogiendo sus dos maletas, comenzaron a recorrer los oscuros pasillos de la bodega. Jack vio barriles de pescado ahumado con destino a San Francisco. Había miles de maderos y suficientes ladrillos como para construir un hotel. Vio cajas de rifles y dos cañones de bronce, para luchar contra los indios, supuso. Y pudo distinguir bultos de parras húmedas, suficientes como para plantar un viñedo.

Con el corazón latiéndole fuertemente, Jack siguió a Praiseworthy escaleras arriba hacia la cubierta. Estaba seguro de que el capitán los encadenaría, por lo menos. Percibieron el silbido del viento, y el golpeteo de las grandes ruedas que sonaba tan fuerte como un trueno. Llegaron hasta los camarotes de la tripulación, donde casi no penetraba la luz del día. Un marinero con un aro de oro bailando en su oreja, estaba llenando una lámpara con aceite de ballena.

–Buen hombre –dijo Praiseworthy–, ¿podría indicarme dónde está el capitán?

El marinero dio una ojeada curiosa y el aro de su oreja se movió.

–¿El toro salvaje de los mares? Sí, compañeros. –Levantó el pulgar como indicador–. Ahí arriba.

Subieron por una escalera a otra cubierta. Jack estaba convencido de que el capitán los haría caminar sobre la pasarela. ¡El toro salvaje de los mares! Pero, Praiseworthy era un magnífico adversario para cualquiera, se dijo a sí mismo, tratando de mantener la mandíbula firme y recta.

Entraron en el salón principal, donde los pasajeros, temblando de frío, parecían un enjambre de abejas alrededor de dos enormes estufas. Todos querían hablar al mismo tiempo, y decir lo mismo.

–¡Ya ha estado acariciando la estufa bastante tiempo!

–¡Yo llegué primero!

–¡Déjeme acercarme, socio!

Jack vio hombres de todas las clases y algunos imposibles de describir. Había muchachos campesinos, delgaduchos, con botas altas, y pantalones ajustados. Había yanquis con sombreros de castor y sureños con sombreros de granjero. Había comerciantes y políticos, franceses y holandeses, hombres flacos y gordos, caballeros y pillos, y ni una sola mujer entre ellos. Viajaban hacia los yacimientos de oro, que no era lugar para mujeres y niños.

—¡Déjenme acercarme a esa estufa, caballeros!

—¡No empuje, señor!

Praiseworthy dio un golpecito en el hombro al buscador de oro más cercano, un hombre con levita y un bastón de estoque, y le preguntó:

—Señor, ¿puede indicarme dónde está el capitán?

—Ahí arriba, ahí arriba —dijo señalando con el bastón y volviendo su atención a la riña.

Por fin, después de subir otra escalera, los dos polizones encontraron al capitán en su cabina, cuya puerta daba golpes al abrirse y cerrarse con el balanceo del barco. El capitán había regresado recientemente de cubierta y su impermeable, aún mojado, estaba hecho un bulto. El toro salvaje de los mares estaba inclinado, con las piernas separadas, sobre una larga mesa, tratando de derretir el hielo de sus patillas negras y rizadas con una vela encendida.

–¡Bueno, no se queden ahí parados invitando al mal tiempo! –dijo con una voz como el rugido de un cañón–. ¡Pasen!

El mayordomo cerró la puerta, sólo para que se abriera nuevamente con el viento.

–Praiseworthy a su servicio, señor –dijo–. Y este joven caballero es el señorito Jack Flagg, de Boston, que va a buscar fortuna en los yacimientos de oro.

–¡Bah! –El capitán del barco, cuyo nombre era Joshua Swain, ni siquiera se molestó en levantar la vista. Era difícil decir si él era un buen hombre de mal carácter, o un mal hombre de buen carácter. Tenía una nariz ancha y usaba un abrigo largo, azul, con una hilera de botones de bronce del tamaño de monedas de oro.

El *Lady Wilma* cabeceaba y se balanceaba y el candelero se deslizaba de un lado a otro de la larga mesa. El capitán Swain lo detuvo, justo a tiempo.

–Maldito tiempo –gruñó–. Y yo en una carrera contra el *Sea Raven* alrededor del Cabo de Hornos, con mi bodega llena de ladrillos y el doble de pasajeros de los que debería transportar. ¡Pero le ganaré al *Sea Raven*, por las amarras, aunque tenga que tirar algunos de los pasajeros por la borda!

La puerta se cerró de golpe y Jack, ahora con los ojos muy abiertos, contemplaba al capitán como si fuera el mismísimo demonio con botones de bronce y patillas heladas. Él les haría andar por la pasarela.

El barco se balanceó nuevamente y el candelero salió volando, pero esta vez Praiseworthy lo atrapó en el aire.

–Permítame, señor –dijo, sosteniendo firmemente el candelero bajo las patillas rígidas del capitán. Pero el toro salvaje de los mares no se quedaba quieto y pronto Praiseworthy tuvo que ir detrás de él a medida que se movía de un lado a otro de la cabina.

–¿Saben lo que el *Sea Raven* transporta en sus bodegas? –vociferó el capitán Swain–. Botas de mineros, camisas de franela y mosquiteros. ¡Mosquiteros! ¡Es tan liviano en el agua que su quilla apenas está húmeda! –Después se detuvo para deshelar su barba sobre la llama y el rugido desapareció de su voz–. Ah– h– h...suspiró y enseguida apareció una sonrisa en las curtidas arrugas de sus ojos–. Ya me siento mejor. Ahora, caballeros, ¿qué puedo hacer por ustedes?

Jack intercambió una rápida mirada con Praiseworthy, quien permanecía tranquilo.

–Deseamos reportar un par de polizones, señor –dijo el mayordomo.

Ante este anuncio la sonrisa del capitán desapareció y estalló nuevamente:

–¡Polizones! –rugió–. ¡Polizones! ¡Por las amarras, que los despellejaré vivos! ¡Los pondré en cadenas! ¿Dónde están?

En su furia, el capitán casi prendió fuego a sus patillas. Praiseworthy apagó la vela.

—Están aquí mismo, señor.

—¿Aquí? ¿Dónde? ¡Los despellejaré vivos y los encadenaré! ¡Polizones en mi barco! ¿Dónde están?

—Aquí, señor —repitió el mayordomo.

Y Jack, tragando con apuro, trató de salir de aquella situación.

—Delante de usted, señor.

Fue como si por primera vez el capitán Swain se percatara de la presencia de Jack.

—¡Tú! —exclamó entre dientes y su nariz ancha se puso roja de ira—. ¡Pero si apenas eres un grumete, un chico de diez años!

—Doce, señor —dijo Jack—. Pero puedo hacer el trabajo de un hombre, señor.

—¡Por las amarras, que los haré caminar sobre la pasarela, a los dos!

—Si me permite hacer una observación —dijo Praiseworthy—. Usted es, obviamente, demasiado civilizado para tales tretas de piratas.

—¡Bah!

—Permítame explicarle —continuó Praiseworthy—. No fue nuestra intención defraudar a la empresa naviera. En el momento que se anunció la partida del *Lady Wilma* hacia California, el señorito Jack y yo estábamos en la cola para comprar el pasaje. Pero entre los empujones y el griterío, algún hábil carterista se apropió del dinero para nuestros pasajes, dejándonos sin un centavo. Sin duda, él compró un pasaje y está a bordo de este mismo barco, señor.

—Una historia creíble —gruñó el capitán.

—Una historia increíble —dijo Praiseworthy—, pero cierta. Naturalmente, no tuvimos otra opción que convertirnos en polizones. Y si me permite añadir algo, es urgente que el señorito Jack llegue a los yacimientos de oro cuanto antes y haga fortuna.

—¡Bah! ¡Esta fiebre de California se está extendiendo como

la plaga! ¡Seis meses más y Nueva Inglaterra se quedará vacía! Cualquier cosa con una quilla se llama a sí misma una nave y se hace al mar – lanchones con fondos podridos, barcas de pescadores, barcos balleneros. Son antiguos argonautas en busca del vellocino de oro. Cualquier hombre piensa que hará fortuna. ¡Bah!

Jack Flagg continuaba escuchando en silencio, no sólo al capitán, sino también el ruido de los vientos helados en los obenques y los flechastes. Estaba erguido y trataba de no parecer asustado. Había decidido que debía llegar a los yacimientos de California, de una manera u otra y, ciertamente, ésta era una manera u otra.

Rehusaba rendirse a la añoranza latente de su hogar, pero se encontró pensando en sus dos hermanas pequeñas, Constance y Sarah, que se quedaron en Boston, con tía Arabella. Seguramente que habían llorado al conocer que él se había ido, y quizá sus ojos no estaban secos todavía. Pero no había nada que hacer, se dijo a sí mismo.

Ni Jack ni sus hermanas recordaban a sus padres, que habían sido víctimas del cólera. Los niños se habían ido a vivir con la tía Arabella en la gran casa cerca de la bahía, con tantas habitaciones que no se podían contar. Ella era tan joven y hermosa como la casa era antigua y grandiosa. Había pertenecido a la familia Flagg por más de un siglo. En el pasado, la casa vibraba con sirvientes, huéspedes y risas, pero la familia atravesaba tiempos difíciles. Tía Arabella había cerrado la mitad de las habitaciones y había suprimido las reuniones. Del servicio había conservado una sirvienta para el piso de arriba, otra para el piso de abajo y Praiseworthy.

Y Jack había escuchado al banquero Stites decirle a la tía Arabella que su herencia estaba casi agotada. En un año más, le advirtió, se quedaría virtualmente sin un centavo. Aun la casa, con todos los recuerdos familiares, tendría que venderse.

–Le aconsejo que despida inmediatamente a los sirvientes

restantes –había dicho el banquero Stites–. Usted ya no cuenta con los medios para emplearlos.

–Pero no puedo hacerlo –había dicho la tía Arabella–. Ellos son como parte de la familia. Oh no, yo no podría decirles que se fueran.

Fue en ese momento que Jack decidió que debía ayudar a la tía Arabella. ¿Pero cómo? Por aquellos tiempos circulaban historias que llegaban desde California, que excitaban la imaginación de todos. Había escuchado de hombres que habían encontrado pepitas de oro del tamaño de huevos de ganso y tropezado con terrones del tamaño de calabazas. Hasta un muchacho podía hacerlo, incluso un chico que todavía no tenía trece años. Sin pensarlo dos veces, Jack hizo planes para ir en busca de los yacimientos de oro.

Pero nada escapaba a la atención de Praiseworthy, y éste se dio cuenta de la intención de Jack. En lugar de decírselo a la tía Arabella, ya que ella nunca hubiera consentido tal aventura, Praiseworthy no sólo mantuvo el secreto de Jack, sino que hizo aún más.

–Un plan excelente –dijo–. Un plan que merece ser considerado, en verdad. –Porque él era tan leal a la tía Arabella como el mismo Jack–. Iré con usted, señorito Jack. Habrá que pagar el pasaje del barco. Tengo algún dinero ahorrado. –Y juntando sus ahorros, el muchacho y el mayordomo partieron hacia el ancho mundo.

Pero gracias al carterista de ágiles dedos, el mundo había resultado ser no más ancho que el interior de un barril de papas.

–¡Maldito sea! –dijo el capitán, mirando por el ojo de buey–. ¡Ahí está el *Sea Raven* en ángulo recto con nuestra quilla! ¡Deteniendo su marcha como para hacernos muecas!

Jack pudo echar una ojeada al otro barco durante una oleada ascendente, un barco de dos mástiles con ruedas laterales, exactamente igual al *Lady Wilma*.

–Si me permite hacer una observación –comentó Praiseworthy, con toda su calma–. Creo que es un viaje de quince mil millas alrededor del Cabo de Hornos hasta San Francisco. No es el comienzo de la carrera lo que cuenta sino el final.

–Si gano la carrera obtendré el mando de un nuevo clíper que está siendo construido en los astilleros. Será el orgullo de los mares y ¡yo lo quiero, señor! –El capitán Swain, desenganchó el altavoz de bronce y vociferó al cuarto de máquinas de abajo–. ¡Más vapor, señor! Es todo lo que podemos hacer para no quedarnos atrás. ¡Más vapor! –Y después se volvió a los polizones–. ¡Ustedes trabajarán para pagar su pasaje en este barco, por las amarras! ¡Tú, muchacho!

Jack, que estaba de pie, se irguió aún más recto.

–¿Sí, señor?

–Tú trabajarás como grumete. No te dejaré sentar ni un momento y puedes darte por agradecido. Y usted, señor...

–Praiseworthy, a su servicio.

–¿Qué es esto? ¿De qué diablos está usted vestido?

–Soy un mayordomo, señor.

–¡Un mayordomo! –rugió el capitán–. ¡Un mayordomo! ¿Y qué diablos puede hacer un mayordomo?

–Es todo lo contrario, señor –dijo Praiseworthy, quien estaba orgulloso de su profesión– . No hay nada que un mayordomo no pueda hacer. Abro puertas. Cierro puertas. Anuncio que la cena está servida. Superviso el personal y dirijo la casa, muy similar a lo que usted hace con este barco. En resumen, es un trabajo sumamente exigente.

–¡Bah!

Y Jack se atrevió a decir:

–Tía Arabella dice que es el mejor. Ella dice que no hay problema demasiado difícil para Praiseworthy.

–¡Silencio, muchacho! ¡Conque mayordomo! ¡Por las amarras, que sé dónde hay una puerta que puedes abrir! ¡La puerta de la caldera, y a palear combustible! ¡A la carbonera contigo, mayordomo! ¡Y ahora, fuera de mi vista antes de que cambie de idea y los encadene a los dos!

–Señor –dijo Jack, temblando interiormente–. No me interesa ser un grumete.

–¿Qué?

–Si Praiseworthy va a la carbonera, yo también palearé carbón. –Jack se encontró con la mirada de Praiseworthy, pero sólo por un breve momento–. Somos socios señor. O me manda a la carbonera o, tragó en seco, o encadéneme.

El toro salvaje de los mares se quedó sin habla.

–No preste atención al señorito Jack –dijo Praiseworthy rápidamente–. El muchacho está un poco mareado del hambre. No ha comido desde ayer y no sabe lo que dice.

–Sí, lo sé –dijo Jack–. Usted me dijo que pasase lo que pasase estaríamos siempre juntos.

En ese momento el capitán había recobrado su voz y una sonrisa furtiva se reflejó en sus ojos.

–Por las amarras –dijo–. Por las amarras, aquí hay un muchacho con agallas. Él no quiere un trabajo fácil. Quiere un trabajo de hombre. Muy bien , a la carbonera los dos.

–Gracias, señor –dijo Jack, recogiendo su maleta.

El capitán levantó una ceja.

–No estaría mal si pasaran primero por la cocina y le dijeran al cocinero que yo dije que les dé algo de comer. Un hombre no puede palear carbón con el estómago vacío, ni un muchacho tampoco. ¡Ahora, fuera de mi vista!

La puerta se abrió y los polizones salieron. Descendieron una escalera y después otra, desayunaron, y se presentaron al ingeniero. Éste les mostró la caldera, los depósitos de carbón y las palas. Praiseworthy se quitó el bombín, sus guantes blancos y colocó el paraguas a un lado. Formaron un montón ordenado con sus abrigos y se enrollaron las mangas de las camisas.

–A menos que me equivoque –dijo Praiseworthy–, el toro salvaje de los mares es un verdadero caballero.

–Espero que gane la carrera –dijo Jack.

Los polizones comenzaron a trabajar paleando carbón dentro de las amarillas llamas de la caldera, llamas que producían el vapor que hacía girar las grandes ruedas laterales. Jack estaba contento de trabajar junto a Praiseworthy, como si eso los uniera más. Algunas veces deseaba que Praiseworthy fuera alguien más que un mayordomo. Eso imponía una pequeña distancia entre ellos que Praiseworthy tenía cuidado en mantener. A Jack le hubiera gustado que le llamara Jack, sólo Jack, y no señorito Jack. Pero Praiseworthy jamás habría accedido a eso, ni aun ahora que eran socios.

–Praiseworthy –dijo Jack, echándose hacia atrás el pelo de la frente. –Tenía que levantar la voz por encima del rugido del fuego y el resonar de la maquinaria–. Praiseworthy, ¿cree usted realmente que el carterista está a bordo del *Lady Wilma*?

–Por supuesto que lo creo –dijo el mayordomo, cavando dentro de la carbonera–. Y vamos a desenmascarar al bribón.

–¿Pero cómo?

–¿Cómo? No tengo la menor idea, señorito Jack. Pero pensaremos algo entre los dos, por las amarras.

Mientras el capitán regresaba a cubierta y se le congelaban nuevamente las patillas, y mientras los pasajeros se congregaban alrededor de las dos estufas, Praiseworthy silbaba y Jack canturreaba. Ellos solos, entre todos los buscadores de oro a bordo del *Lady Wilma*, tenían un fuego rugiente para calentarse mientras que las ruedas laterales avanzaban salpicando a través del aguanieve, el viento y el mar.

2

Cómo atrapar a un ladrón

Después de muchos días, como un perro después de la
lluvia, el *Lady Wilma* sacudió el invierno de sus mástiles y
aparejos. Entró en las latitudes sureñas. El sol salió brillante y
fresco como si hubiera sido recién forjado, y las noches estaban salpicadas de estrellas. Los fuegos de las estufas se apa-
garon y los pasajeros comenzaron a sacarse los abrigos y
pesadas ropas de lana. A la semana siguiente estaban en mangas de camisa.

En las partes inferiores del barco, Praiseworthy y Jack con-
tinuaban paleando. Estaban cubiertos de polvo de carbón,
pero a Jack no le molestaba el trabajo. Lo fortalecería para

17

excavar en los yacimientos de oro, pensó. Sin embargo, las llamas rugientes habían dejado de ser acogedoras. El cuarto de la caldera estaba cada vez más caliente.

–Señorito Jack –dijo Praiseworthy, pensando acerca de las zonas tropicales que los esperaban más adelante–, otra semana en nuestro puesto y vamos a asarnos vivos.

Pero el calor no le molestaba a Jack, porque cada vuelta de las ruedas de paletas lo acercaba un poquito más al país lejano. Aun si la ruta marina era un largo camino a recorrer, era más rápida que el viaje por tierra, a través de las praderas. Las caravanas de carretas, arrastradas por bueyes, a veces tardaban un año en llegar a California. Y Jack estaba apurado.

Cada día contaba. Para él era conveniente que el capitán Swain participara en una carrera alrededor del Cabo de Hornos. El capitán estaba apurado también. Aun así, pasarían meses antes que el *Lady Wilma* anclara en la bahía de San Francisco. Había muy poco tiempo para completar el viaje, llegar a las minas, hacer fortuna y regresar a Boston, antes de que la tía Arabella hubiera vendido todo. Pero tenían que intentarlo.

–¡Esta caldera infernal! –dijo Praiseworthy, enjugándose el sudor de su cara–. Debemos pensar en un plan. Debemos desenmascarar al bribón que se apoderó de nuestro dinero. –La verdad era que ni Jack ni el mayordomo tenían la menor idea de cómo hacer para atrapar a un ladrón. Seguramente pensarían en algo.

Mientras tanto, alimentaban el fuego, endurecían las espaldas, encallecían sus manos y dormían en la cubierta bajo un cielo balsámico. En su tiempo libre se lavaban con baldes de agua salada y Jack comenzó a escribir una carta a su casa. No tenía idea de cuándo o cómo la enviaría por correo, pero Praiseworthy había empacado una pluma y papel y no tenía la menor intención de permitir que Jack se olvidara de sus deberes.

–Yo evitaría cualquier mención directa de nuestro contratiempo temporal –le dijo el mayordomo con un guiño–. No hay razón para preocupar a la tía Arabella, ni siquiera por un momento.

Después de hallar un lugar sombreado bajo un bote salvavidas, Jack extendió sus materiales de escribir y comenzó.

QUERIDA TÍA ARABELLA,
QUERIDA CONSTANCE,
QUERIDA SARAH,

Cuando reciban esta carta, habrán encontrado mi nota sobre la bandeja de té y sabrán que Praiseworthy y yo nos hemos unido a la fiebre del oro en California. Estoy escribiendo esto en el mar. Por favor, no se preocupen, ya que estamos bien y contentos y haciendo mucho ejercicio.

Nuestro barco es el Lady Wilma y estamos compitiendo en una carrera contra el Sea Raven a San Francisco. Pero en este momento no sabemos si estamos ganando o perdiendo, pues nuestros barcos se separaron debido al mal tiempo.

Pero ahora el cielo está completamente azul. Es difícil pensar que en Boston ustedes todavía están en invierno. Yo ando descalzo. Praiseworthy dice que pronto veremos la Cruz del Sur en el cielo.

Me estoy acostumbrando a la comida. Comemos carne salada y galletas, que llenan mucho. De postre comemos budín de melaza, o pasta de ciruelas, que es más o menos igual. Usted, Tía Arabella, estaría muy orgullosa de mí, ya que como de todo.

Praiseworthy les envía sus saludos. Somos socios. Es nuestra intención regresar a Boston dentro de un año, con bolsas llenas de oro.

El barco está repleto. Todos están ansiosos de llegar a California antes de que desaparezca el oro. Vemos otros barcos en el mar casi todos los días. Todos van hacia California. Pienso que los yacimientos de oro van a estar llenos de gente.

Les contaré acerca de algunos de nuestros pasajeros. Hay un

veterinario con una pierna de madera. Hay un juez con una cica-
triz sobre el ojo, lía sus propios cigarros y lleva un bastón en forma
de espada. Dicen que la marca sobre su ojo es una cicatriz de duelo.
Tenemos varios soldados que combatieron en México. Se llaman a
sí mismos combatientes de México y pasan la mayoría del tiempo
contando historias acerca de la guerra. Están siempre de buen
humor y riéndose.

Quiero mencionar que tenemos animales vivos a bordo que nos
proporcionarán carne fresca durante el viaje. Tenemos cajas de
pollos, una cerda y tres cerdos, dos ovejas y una vaca. Me he hecho
amigo del cerdo más pequeño y le di el nombre de Buena Suerte
para que nos dé buena suerte. Praiseworthy dice que los cerdos son
muy inteligentes.

Me parece raro no estar en la escuela, pero estoy aprendiendo
cosas todos los días.

Voy a dejar esta carta sin terminar y volveré a coger la pluma a
medida que ocurran nuevas aventuras.

Al día siguiente, al amanecer, Jack se lavaba en un cubo de
agua salada cuando Praiseworthy reaccionó como si le
hubiera caído un rayo.

–¡Señorito Jack! –exclamó–. ¡Usted la tiene!

–¿Tengo qué? –respondió Jack, levantando la vista. –Buena
Suerte había estado con él en el cuarto de la caldera y ahora
hasta el cerdito estaba cubierto de polvo de carbón.

–¡La respuesta, por supuesto!

–¿La respuesta? ¿Qué respuesta?

Las cejas de Praiseworthy se elevaron de la emoción.

–¡Finalmente atraparemos al ladrón! Usted señorito Jack
encontró la solución. Seguro que sí.

Jack no podía darse cuenta de qué era lo que había encontrado, pero salió corriendo detrás de Praiseworthy, como una
ardilla, subiendo primero por una escalera y después por otra
hasta la cabina del piloto. El capitán Swain se volvió y dirigió a

los dos intrusos una fatigada mirada de soslayo. Su carácter, no así sus gruñidos, había mejorado con el tiempo.

–¿Cómo la están pasando en este maldito viaje, queridos amigos?

–Sin quejas, señor –dijo Praiseworthy.

–¿Qué los trae a cubierta?

–Usted recordará que el señorito Jack y yo sufrimos un pequeño percance al comienzo de este viaje. Un sinvergüenza, es decir, un ladrón despreciable se apropió de nuestros ahorros. El señorito Jack ha encontrado una manera de descubrir al bandido.

–¿Yo? –dijo Jack.

–¡Bah! –exclamó el capitán–. No creo que haya tal pillo a bordo de mi barco. Le pedí al primer oficial que revisara bien nuestra lista de pasajeros. La mayoría son caballeros y los demás son demasiado torpes para el fino arte de robar carteras.

–Sin embargo –dijo Praiseworthy–, estoy convencido de que está entre sus pasajeros, como un zorro entre las ovejas. Permítanos probarlo.

El capitán Swain se rascó las oscuras patillas.

–¿Cómo planean desenmascararlo?

–No lo haremos nosotros, señor. Él se desenmascarará a sí mismo. Si usted consigue reunir a todos los pasajeros en el salón principal, después del anochecer, sabremos muy pronto si tiene a bordo un ladrón.

–Por las amarras –dijo el capitán, pensativamente–. Vale la pena tratar.

Cuando el mar se oscureció, se encendieron las lámparas de aceite de ballena en el salón principal y los pasajeros comenzaron a reunirse. Hacían bromas y comentaban, contentos de tener algo que hacer, ya que no estaban acostumbrados a la ociosa vida en el mar. Jack esperaba en cubierta con la cerda negra. Vio entrar al veterinario con su pierna de madera, seguido por el juez, que iba fumando uno de sus cigarros caseros. Los ex soldados cantaban:

¡Oh, Susana!
No llores más por mí.
Yo me voy a California
con un pico y palangana.

Cuando todos los pasajeros estuvieron reunidos, el capitán hizo su gran entrada, lanzando bocanadas de humo de un cigarro negro y retorcido, y con su largo abrigo cayéndole casi hasta las rodillas.

—Caballeros —dijo—. Iré directamente al asunto. Me han informado que puede haber un ladrón entre nosotros. Un carterista. No podemos aceptar algo así. ¿Verdad?

—¡No! —gritaron los buscadores de oro, dando un toquecito a sus billeteras y cinturones para asegurarse.

—¡Lo colgaremos! —gritó un hombre corpulento, conocido como Juan Montaña. Tenía unas cejas rojas muy pobladas y usaba una gorra de piel de gato montés.

El capitán levantó una mano para acallar las voces.

—Este carterista ya ha atacado, caballeros. Se llevó los ahorros de Praiseworthy y de su joven socio. Ustedes los han visto trabajar en la caldera para pagar por su pasaje. El ladrón puede atacar nuevamente. Cualquiera de ustedes puede ser su próxima víctima. Puede que esté a su lado. Ahora voy a ceder la palabra a las personas que mencioné antes, que tienen un plan para capturar al bribón.

Praiseworthy avanzó, erguido, con calma.

—Gracias, capitán Swain —dijo—. Nuestro plan es muy simple, caballeros. Señorito Jack, la cerda, por favor.

A esa señal, Jack condujo a la gran cerda negra hasta el centro del salón y la ató a una columna. Los hombres comenzaron a intercambiar miradas de sorpresa. ¿Qué tenía que ver una cerda grande con atrapar a un ladrón? Pero si había un ladrón entre ellos, querían que fuese capturado. Sus propias billeteras no estaban seguras con un tipo de ágiles dedos a bordo.

–El cerdo es un animal inteligente –explicó Praiseworthy.

–No hay ninguno más listo –gritó Juan Montaña.

–Por ejemplo, esta vieja cerda –continuó Praiseworthy– es muy sabia. Hemos descubierto que sólo con rozarla sabe si un hombre es deshonesto. Se pone a chillar. Caballeros, ustedes ni siquiera pueden decir una simple mentira en su presencia, porque chillaría cada vez. Es una cerda excepcional, sin duda alguna.

Jack observó los rostros brillantes bajo la luz de las lámparas de aceite de ballena. Entre ellos estaban el veterinario, los combatientes mexicanos y el juez con su bastón de espada. Ni siquiera Juan Montaña, con su gorra de piel, dejaba de ser sospechoso. Jack alimentó a la cerda con una zanahoria fláccida, para mantenerla tranquila, pero comenzaba a preocuparse. ¿Qué pasaría si Praiseworthy estaba equivocado y el ladrón no estaba a bordo del *Lady Wilma*?

–Les aseguro –decía Praiseworthy– que apenas el carterista toque esta cerda, ella chillará. Si forman una fila, caballeros, podremos comenzar. Una vez que se hayan apagado las lámparas y el salón esté oscuro acérquense a la cerda, uno por uno. Tóquenla con el dedo índice de la mano derecha. ¡Cuando chille, habremos descubierto al ladrón!

–Estoy de acuerdo –dijo uno de los ex soldados.

–Yo también.

–Es un buen plan –dijo el juez.

–Me parece bien –dijo el veterinario, girando sobre su pata de palo–. Muchachos, apaguen las lámparas. Veamos cuán inteligente es esta cerda. Si son hombres honestos, no tienen nada que temer.

Un momento después, el salón estaba completamente oscuro y Jack se quedó muy quieto, dándole zanahorias al ani-

mal para que no chillara. Uno a uno los buscadores de oro se acercaron y pasaron el dedo por el lomo de la cerda. Pasó un minuto. Dos. Ni un sonido del animal. Los pasajeros cruzaban la cubierta, entraban en el salón, tocaban a la cerda y salían. Los hombres estaban silenciosos, tratando de escuchar el chillido que delataría al culpable. Pasaron diez minutos y todavía seguían llegando. Incluso, Praiseworthy se sentía un poco tenso ahora.

Cuando las lámparas de aceite de ballena volvieron a encenderse, todavía la cerda no había emitido un solo sonido. Continuaba en medio del salón, preguntándose a qué se debía toda esa conmoción.

El capitán Swain avanzó, rascándose la barba mientras miraba a los pasajeros y después se dirigió a Praiseworthy.

—Parece que usted cometió un error. El carterista no está a bordo de este barco. Por las amarras, lo lamento por usted y por el muchacho, pero parece que van a tener que palear carbón durante todo el viaje alrededor del Cabo de Hornos hasta California.

—Un momento —dijo Praiseworthy, que parecía totalmente despreocupado—. Es verdad que la cerda no ha chillado, pero el culpable está en esta habitación. Caballeros, el señorito Jack y yo nos tomamos la libertad de espolvorear esta cerda con polvo de carbón. Si cada uno de ustedes mira su índice derecho, con el que tocaron su piel, comprobarán que está tiznado.

Cada hombre en el salón giró instantáneamente la mano, para ver si el dedo estaba manchado de polvo negro.

Praiseworthy no perdió un momento.

—Pero uno de ustedes, temiendo que el chillido de la cerda lo delatara se acercó, *pero no le pasó el dedo por el lomo.* Miren alrededor caballeros. ¡Si hay un hombre entre ustedes sin polvo de carbón en el dedo, él mismo se ha delatado como ladrón!

Casi enseguida se escuchó un grito desde un rincón del salón.

–¡Lo tenemos!

Los pasajeros, súbitamente enojados, se aglomeraron alrededor y Jack no podía ver a quien tenían detenido.

–¡Vamos a colgarlo!

–¡Miren, su dedo está limpio como una patena!

–¡Es el juez!

–¡De juez, nada! ¡Es un impostor!

Jack se abrió camino a través de la multitud, justo a tiempo para ver al "juez" que intentaba sacar su bastón en forma de espada. Pero los combatientes de Mexico saltaron sobre él y le sujetaron los brazos por detrás. Cuando los oficiales del barco se hicieron cargo del impostor, su sombrero estaba hundido y el cigarro colgaba a jirones de su boca. La multitud se abrió paso y Jack nunca había visto a Praiseworthy con una mirada tan fiera en los ojos.

–¡Supongo que encontraremos el resto de nuestro dinero en su camarote, señor!

–Trate de encontrarlo –escupió el ladrón, mirando sucesivamente a Jack y Praiseworthy–. Usted es listo, pero le advierto que nos volveremos a encontrar, o me dejo de llamar Higgins Ojo-Cortado.

–Embustero –dijo Praiseworthy con igual agresividad.

Los mineros tenían sus propias ideas sobre la justicia y las sugerencias volaron alrededor del salón.

–¡Tírenlo por la borda y déjenlo que nade hasta California!

–¡Cuélguenlo!

–¡Encadénenlo!

Pero el capitán Swain ya había tomado una decisión.

–¡Llévenlo a las calderas! Cuando crucemos el ecuador, ¡por las amarras, creerá que está en el infierno!

3

Noticias del Sea Raven

El muchacho y el mayordomo llevaron sus maletas a un camarote con un ojo de buey, cuatro literas y seis pasajeros. Colgaron una hamaca para Jack. Y como Juan Montaña prefería dormir en el piso, con su gorra de piel de gato montés como almohada, había lugar para todos.

–¡Caramba! –sonrió–. ¡Si tuviera que dormir en una cama, pensaría que estoy enfermo!

Entre sus compañeros de camarote estaba el doctor Buckbee, el veterinario. Viajaba a las minas, con su pierna de madera, para encontrar un rico depósito de oro. Tenía un mapa que señalaba el sitio exacto de los yacimientos. Al mismo tiempo, llevaba, día y noche, una alarma alrededor del cuello, en caso de que alguien tratara de quitarle el mapa.

Además de Juan Montaña y del doctor Buckbee, había un ex soldado llamado Nath Tweedy. Todavía usaba su quepis y su camisa de pacana, y había conservado su rifle y bayoneta que guardaba en un rincón de la cabina. Finalmente, estaba el señor Azariah Jones, un alegre mercader yanqui que era tan grande como pequeño era el camarote.

Como Jack descubriría pronto, el señor Azariah Jones sólo podía pasar a través de la puerta del camarote conteniendo la respiración. Decía que pesaba trescientas libras "descalzo y calvo". A Praiseworthy le parecía divertido que el mercader yanqui, sin sospecharlo, les había provisto a Jack y a él sus alojamientos en la bodega. Los dieciocho barriles de papas

pertenecían al señor Azariah Jones, que planeaba venderlos en San Francisco.

Cuando todos estos pasajeros se reunían en el camarote al mismo tiempo a Jack le parecía que las paredes iban a reventar. Por la noche, el coro de ronquidos y resoplidos era como una gran ópera marina. Jack aprendió a dormirse con los dedos en los oídos.

Cuando soplaba buen viento, el *Lady Wilma* desplegaba sus velas y ahorraba combustible. Día tras día el sol se hacía más fuerte. Pronto no hubo ni un soplo de aire en el mar. En el barco las lonas colgaban fláccidas de los penoles. El alquitrán que goteaba de los aparejos se filtraba entre los tablones de la cubierta. Pero con su maquinaria resonando, el barco avanzaba hundiendo su intrépida proa en el ecuador.

Dondequiera que Jack iba, Buena Suerte, el cerdo, venía trotando tras sus talones. Cuando Jack se acomodó debajo del bote de popa para continuar la carta, el cerdo lo siguió y se acurrucó a la sombra a su lado. Jack rehusó rascarle el lomo.

–Te lo dije ayer –dijo. –Tenía que ser fuerte–. Mejor que dejes de seguirme. Tú y yo no podemos seguir siendo amigos. Yo he tomado mi decisión. Si los cerdos fueran tan inteligentes, no comerían tanto. ¡Mira que gordo te estás poniendo! ¿No sabes que vas a terminar en la cocina? Cada vez que el cocinero te ve se relame los labios. ¡Lo que tú eres es la cena del domingo! ¡Márchate! –Pero el cerdo simplemente restregó su hocico amorosamente en el codo de Jack.

–Ya te lo dije –repitió Jack–. No te voy a rascar más el lomo. Déjame tranquilo.

No había manera de razonar con el cerdo. Rápidamente se quedó dormido a la sombra y Jack suspiró fuertemente. No había escape para el cerdo. La semana próxima, o la siguiente, el cocinero vendría por él con un cuchillo de carnicero.

Jack trató de no pensar en eso y dejó dormir al cerdo. Por un momento contempló como los peces voladores, sorprendidos por los golpes de las ruedas de paletas, saltaban en el aire como flechas disparadas desde el mar. Después escribió:

Mi muy querida tía y mis muy queridas hermanas, vuelvo a coger la pluma para contarles nuestras aventuras hasta ahora. Pero primero les diré que casi no me reconocerían en estos días de "invierno". Estoy muy tostado, excepto por mi nariz. Se me quema terriblemente por el sol y está siempre despellejada. ¡El capitán Swain dice que mi nariz parece un pollo desplumado!

Todavía no hemos avistado al Sea Raven, de modo que no puedo decirles quién está ganando esta carrera. Espero que nosotros.

Praiseworthy quiere asegurarse de que no deje de enviarles recuerdos de su parte. Veo que ya lo he hecho antes. Acaba de pasar recientemente. Camina alrededor de la cubierta cincuenta veces al día. Lleva el paraguas para darse sombra.

Espero que no se preocupen pero debo confesar que tuvimos un pequeño percance al comienzo de nuestro viaje, pero ahora todo marcha bien. Ya les he contado del "juez" que arma sus propios cigarros. Pensamos que era un caballero, pero nos equivocamos. Es un pillo cuyo verdadero nombre es Higgins Ojo-Cortado. ¡Imagínense! Nos había robado el dinero. Tuvimos que trabajar en las calderas para pagarnos el pasaje. Pero nunca nos quejamos, ni siquiera una vez.

Praiseworthy dice que si no hubiera sido por mí nunca hubiéramos atrapado al señor Higgins Ojo-Cortado, aunque realmente no fue así. Praiseworthy nunca se da crédito a sí mismo. Todo lo que hice fue llevar a Buena Suerte a las calderas, donde se cubrió de polvo de carbón y eso fue lo que le dio la idea a Praiseworthy.

Algún día cuando estemos navegando de regreso a Boston, con los bolsillos llenos de oro, les voy a contar otras cosas que las harán reír. Pero ahora pueden estar contentas de saber que el señor Higgins Ojo-Cortado pasa sus días en las calderas, bajo cubierta, mientras nosotros tenemos nuestro camarote.

Pensamos que nunca encontraríamos el resto del dinero que el ladrón había escondido. El capitán Swain nos ayudó a revisar el camarote, encendiendo uno de los cigarros caseros del señor Higgins. Buscamos por todas partes y no lo hubiéramos encontrado nunca si no hubiera sido porque el capitán Swain comenzó a ahogarse con el humo del cigarro. ¡Allí, enrollados dentro, estaban nuestros billetes de Boston!

Enviaré esta carta en el primer puerto de escala. ¡Río de Janeiro! ¡Imagínense! Sus devotos fugitivos están viendo mundo.

Voy a dejar de escribir ya que acabo de escuchar que alguien gritó "¡barco a la vista!" Quizá sea el Sea Raven.

Cuando Jack levantó la vista, el capitán estaba de pie en el puente, mirando con su catalejo de bronce, un barco distante.

–¡Maldito sea! –exclamó, frunciendo el ceño–. No es el *Sea Raven*, compañeros. Es un barco con velas cuadradas. Inmóvil, sin duda. ¡No hay suficiente brisa en estas latitudes ni para apagar una vela!

Pasaron casi dos horas antes que los dos barcos se encontraran a una distancia que les permitiera comunicarse. Praiseworthy finalizó sus cincuenta vueltas alrededor de la cubierta y Jack miró a Buena Suerte en su corral. Pero diez minutos después el cerdo estaba nuevamente pegado a los talones de Jack.

El capitán Swain sacó su altavoz de plata y gritó a través del agua:

–¡Ah!

–¡Ah! –respondió el capitán del buque de cruz a través de su altavoz de plata.

El barco, con sus velas colgando como enormes cortinas, se le antojó a Jack como un gigante de los mares.

–¿Ha visto al *Sea Raven*, señor?

–¡Sí, capitán! Pasó navegando hace un día.

El capitán Swain retiró el altavoz de sus labios durante un instante, suficiente para decir "Maldito sea".

La voz desde el buque de cruz flotó nuevamente.

–¿Puede remolcarnos, capitán?

–¿Cómo dice?

–Hemos estado inmóvil por una semana. Zarpamos hace treinta y seis días de New Orleans y nos dirigimos a California. Se ha declarado la fiebre a bordo, señor. El *Sea Raven* nos dio la espalda y se marchó. Le imploro, señor. Remólquenos hasta que encontremos viento para llegar al puerto.

Jack, de pie sobre una polea, vio que el capitán Swain estaba a punto de ordenar ponerse en marcha a toda velocidad. Pero ahora se le podía ver caminando de un lado a otro en la cabina de mando, gruñendo y refunfuñando para sí mismo. Los botones de bronce de su chaqueta brillaban como llamaradas bajo el sol tropical. Remolcar al buque de cruz disminuiría la velocidad del *Lady Wilma* y se retrasarían. Praiseworthy, bajo su paraguas negro, observaba también al capitán. Todos los buscadores de oro de a bordo parecían contener la respiración, esperando la decisión del capitán Swain.

Ayudar al buque podría significar casi seguramente que el *Lady Wilma* perdería la carrera. Nunca alcanzaría al *Sea Raven*.

El capitán Swain se restregó la regordeta nariz. Dirigió la

mirada al velero con sus lonas colgando inmóviles de las vergas. Después llevó a sus labios el altavoz y gritó:

–¡A su servicio, señor! ¡Le tiraremos un cable!

Se escuchó un gran griterío desde las barandas del buque de cruz, donde los pasajeros y la tripulación tiraban sus sombreros al aire. Jack no pudo evitar compartir su alegría y se dijo a sí mismo que el *Lady Wilma* todavía podría volver a la carrera. Si el capitán Swain no pensaba en algo, seguramente que Praiseworthy lo haría.

Una hora después el barco de ruedas de paletas remolcaba al velero, como un buey robusto tirando de su carga, a través del ecuador.

La gran Cruz del Sur se elevó más alta en el cielo. La educación de Jack continuaba sin libros. Praiseworthy pidió prestado el catalejo de bronce del capitán Swain y por las noches el cielo se convertía en un libro de texto. Examinaban constelaciones extrañas y nubes de estrellas. Era un paisaje reluciente nunca visto en Boston.

–Praiseworthy –dijo Jack–. ¿Era mi padre como usted? Quiero decir...

–Nada parecido a mí, señorito Jack.

Permanecieron en silencio por un momento. Había momentos en los cuales Jack sentía un gran vacío, una soledad, que ni aun la tía Arabella podía disipar. Aunque no encontraran oro en California, estaba feliz de viajar con Praiseworthy, compartiendo aventuras e incluso infortunios.

—¿Ha sido siempre un mayordomo? —le preguntó.

—Siempre.

Jack apartó el pelo de sus ojos.

—Quiero decir que si usted no fuera un mayordomo, no tendría que llamarme señorito Jack como si estuviéramos en casa. Somos socios. Usted podría llamarme Jack. Simplemente Jack.

—Oh, no podría hacerlo. No sería correcto.

—Pero a mí me gustaría.

—No debemos olvidar mi posición, señorito Jack.

—Pero si nos hacemos ricos, usted nunca más tendría que trabajar de mayordomo.

—Oh, no me gustaría ser otra cosa que un mayordomo. Ni por un momento. Nací para mi vocación, como mi padre antes y su padre antes que él. Me complacerá seguir sirviendo a su tía Arabella. Mire, señorito Jack, creo que ésa es la constelación de la ballena. ¿No es una hermosa vista?

Los dos barcos del oro, unidos uno al otro como salchichas, avanzaban pesadamente en el mar. Al quinto día una ráfaga de viento comenzó a tirar de las velas del buque de cruz. Y después, una detrás de otra, las gavias, los sobrejuanetes y las velas mayores se inflaron como grandes nubes blancas.

—¡Por las amarras, ha encontrado viento! —rugió el capitán Swain, inclinándose fuera de la cabina de piloto.

Con un griterío general, el buque de cruz largó las amarras de remolque y los dos barcos se separaron. Hubo un intercambio final de buenos deseos. Después el *Lady Wilma* agitó sus ruedas de paletas, aliviado de su carga, y se lanzó hacia adelante. Regresaba a la carrera.

4

La caza del cerdo

Jack comenzó a temer las cenas de los domingos. Pronto le iba a tocar el turno a Buena Suerte de formar parte del menú. Era cierto que el cerdo ya no iba trotando detrás de sus talones, ya que Jack había reforzado el corral para evitar que el cerdo se escapara, pero éste seguía presente en su mente, si no tras de él.

Y entonces, cuando faltaban sólo unos pocos días para llegar a Río de Janeiro, Jack vio al cocinero salir de la cocina con un pesado cuchillo de carnicero en la mano.

<<¡Santo cielo!>> pensó Jack. ¡Va en busca de Buena Suerte!

Sin pensarlo por segunda vez, Jack se deslizó por la escalera más cercana. Cuando el cocinero llegó a los corrales de los animales, el cerdo ya no estaba, ni tampoco Jack.

—¡Es ese muchacho! —gritó, esgrimiendo el cuchillo de carnicero—. Los cerdos son para comer, no para tenerlos de mascotas.

Pronto, los buscadores de oro se unieron a la caza del cerdo, ya que la promesa de puerco fresco les hacía la boca agua.

Buscaron en cubierta y bajo cubierta. Miraron hacia arriba, en los mástiles y hacia abajo, en los ventiladores. El cocinero mismo fue a buscar en la bodega donde Monsieur Gaunt, un francés vestido con ropa de campesino, estaba regando sus preciosas viñas.

—¿Ha visto usted un cerdo por aquí? —gruñó el cocinero.

—No, monsieur —respondió el francés—. Pero, ratas, ¡oui!

La búsqueda continuó. Los cazadores de cerdo buscaron por todas partes menos en el camarote del capitán, lo que fue muy afortunado, ya que Jack y Buena Suerte estaban escondidos detrás de la puerta abierta.

—Ni un solo sonido —susurró Jack—. El cerdo, resoplando de puro amor, frotó su cuerpo, cada vez más robusto, contra la pierna de Jack.

—¡Sh– h– h– h!

De repente, se escuchó al capitán que se acercaba por el pasillo. Pero cuando entró a su camarote no había señales ni del cerdo ni del muchacho. Colgó su gorra azul, bostezó y se acostó a dormir la siesta.

Cuando estaba completamente dormido Jack y Buena Suerte se arrastraron de debajo de la litera, donde casi no había espacio para respirar. Jack miró alrededor, preguntándose qué iba a hacer. Parecía que no había esperanzas, pero no iba a entregarle el cerdo al cocinero sin luchar. Apoyando su

lomo peludo contra la pierna de Jack, el cerdo gruño cariño-
samente y casi despertó al capitán.

Jack contuvo la respiración. <<Cualquier puerto es bueno
en una tormenta>>, pensó, y salió corriendo en línea recta
hacia su propio camarote, con Buena Suerte trotando detrás.
En ese momento, Juan Montaña pasaba por el pasillo y el
cerdo pasó entre el arco de sus piernas. Si bien muchos buscadores de oro se habían unido a la búsqueda, otros consi-
deraban un deporte divertido burlar al cocinero. Juan
Montaña simplemente se dio vuelta para guiñar un ojo a Jack
y siguió su camino.

Una vez dentro de su camarote, Jack se detuvo súbitamente.
El doctor Buckbee se había acostado a dormir la siesta y ron-
caba fuertemente. En puntillas, Jack se acercó a su hamaca.
Envolvería a Buena Suerte en una manta y lo escondería en la
hamaca. Pero cuando Jack se dio vuelta se quedó nuevamente
sin respiración. El cerdo había puesto sus pezuñas delanteras
sobre la litera del doctor Buckbee, y había acercado su cabeza
para ver que era todo ese ronquido. El veterinario se despertó. Se encontró mirando de frente a un rostro extraño,
gruñente. Pensando que los ladrones de mapas lo estaban
asaltando, ya que estaba más dormido que despierto, comenzó a soplar la trompeta de alarma.

Jack se horrorizó. El trompeteo sonaba como un elefante
enfermo. Atraería a todo el barco.

—Somos nosotros, doctor Buckbee —gritaba Jack, pero no
podía hacerse oír sobre el estruendo del cuerno. No había
otra salida del camarote que la puerta, y era demasiado tarde
para eso. Rápidamente, Jack rodeó a Buena Suerte con sus
brazos, subió a un baúl y trató de empujar el cerdo a través
del ojo de buey de bronce. Pero Buena Suerte quedó atascado
por la mitad. Jack lo empujó con su hombro, pero sin resultado.

—Estás perdido —exclamó Jack.

Praiseworthy, habiendo escuchado la trompeta de alarma, fue el primero en llegar al camarote.

—¿Qué es esto? —dijo, dándose cuenta rápidamente de la situación—. ¿Un cerdo en un ojo de buey?

—¿Ha visto al cocinero? —preguntó Jack desesperadamente, a la vez que trataba de empujar el trasero gordo del cerdo.

—Unos pocos pasos detrás —dijo Praiseworthy, abriendo su paraguas negro—. Apártese, señorito Jack.

Cuando el cocinero entró, junto con varios buscadores de oro, no se veía ningún cerdo alrededor. Praiseworthy se había parado directamente en frente del ojo de buey, con su paraguas bloqueando la vista.

El doctor Buckbee había dejado de tocar la trompeta.

—¡Ladrones! —dijo—. ¡Estaban tratando de robarme el mapa! Casi atrapé a uno de ellos. ¡Un hombre grande con mejillas gordas!

—Fue sólo un sueño —dijo Praiseworthy.

El carnicero levantó en el aire el cuchillo de carnicero.

—¡Ahí está el muchacho! ¿Dónde está mi cerdo?

—¿Cerdo? —dijo Praiseworthy—. ¿Qué cerdo?

—¡Él lo tiene!

Y Praiseworthy se volvió hacia Jack.

—¿Cerdo?, ¿cerdo? Señorito Jack, vacíe sus bolsillos. Nuestro cocinero piensa que usted tiene escondido un cerdo.

Los buscadores de oro comenzaron a reírse.

—No hay ningún ladrón aquí, ni tampoco un cerdo. Vamos, muchachos.

Pero el cocinero se volvió desde la puerta, mirando a Praiseworthy con los ojos entrecerrados.

—No quiero entremeterme —dijo, cruzando sus gordos brazos—. ¿Pero se cubre usted siempre con ese paraguas, incluso bajo techo?

—Este camarote gotea que da pena —respondió Praiseworthy.

–Pero, no está lloviendo.

–Uno nunca puede ser demasiado precavido en estas latitudes –dijo el mayordomo– . Buen día, señor.

El cocinero salió, meneando la cabeza, y Praiseworthy cerró el paraguas. Cuando Jack miró nuevamente hacia el ojo de buey sus cejas saltaron una pulgada. El cerdo había desaparecido.

–¡Mire! –jadeó Jack–. ¡Se ha ido!

–Es cierto –dijo Praiseworthy, genuinamente sorprendido.

Jack introdujo la cabeza a través del ojo de buey y miró alrededor. No se veía a nadie ni tampoco el cerdo. Jack salió del camarote y corrió a cubierta donde encontró a Juan Montaña sentado sobre un barril vuelto al revés y tocando *¡Oh, Susana!* con una armónica.

–¿Señor, ha visto un cerdo negro –preguntó Jack, sin aliento.

–¿Si lo he visto? –sonrió el montañés–. Pero muchacho, si estoy sentado encima de él. –Y golpeó suavemente el costado del barril con su armónica.

Jack se limpió el sudor de la frente y comenzó a sonreír.

–Gracias, señor Juan Montaña. –El cerdo estaba a salvo, por lo menos por ahora.

–Pensé que necesitaba grasa de oso para sacarlo de ese ojo de buey. Siéntate muchacho y cantaremos un poco para pasar el tiempo. Te enseñaré cómo atrapar un oso gris. Un muchacho de tu edad necesita saber de todo.

Jack se sentó al lado del montañés sobre la tapa del barril. Pronto estaba cantando con el acompañamiento de la armónica, ahogando cualquier resoplido o gruñido de protesta del cerdo.

¡Oh, Susana!
No llores más por mí.
Yo me voy a California
con un pico y palangana.

Cuando pasó el cocinero, Juan Montaña lo saludó quitándose la gorra de piel de gato montés con una mano y con la otra continuó tocando la armónica.

Después de la cena y bastante después de que había anochecido, Jack regresó por el cerdo. El bote de popa, cubierto con una lona, estaba a unos pocos pies de distancia.

Esperó hasta que la cubierta estuviera desierta. Levantó el barril, abrazó el cerdo y lo empujó por la borda, dentro del bote.

–Hecho –dijo–, alisando la lona. –Suponía que este juego del ratón y el gato entre el cocinero y el cerdo había llegado a su fin, pero no las tenía todas consigo–. Buenas noches, Buena Suerte –susurró.

El cerdo replicó con un resoplido de amor verdadero y comenzó a rascarse el lomo con la parte de abajo del asiento del bote.

El domingo transcurrió sin asado de cerdo para la cena y a la noche siguiente el *Lady Wilma* ancló cerca de la verde costa de Brasil.

Con la llegada del amanecer el barco entró al canal y pasó bajo los cañones de la fortaleza de Río de Janeiro. Praiseworthy y Jack estaban de pie en la proa, y una brisa tibia agitaba sus pantalones. A Jack le parecía que no recordaba cómo era la tierra firme. La simple vista de una colina o de un árbol distante lo excitaba. Y entonces divisaron la bahía soleada, y se escucharon las campanas de las iglesias repicando. Las ventanas de las casas reflejaban el brillante sol de la mañana.

–¿Tiene nostalgia de su hogar, señorito Jack? –preguntó Praiseworthy en voz baja.

Jack levantó la vista.

–Me gustaría que tía Arabella, Constance y Sarah estuvieran con nosotros. Pero por supuesto que la tierra del oro no es lugar para mujeres y niños.

–Aún no es demasiado tarde para cambiar de idea, señorito Jack.

–¿Cambiar de idea?

El mayordomo se rascó la punta de su afilada nariz y miró a Jack a los ojos.

–Ante nosotros está el Cabo de Hornos. Es un mal trecho de mar. Bastante malo, dice el capitán. El viento ruge como el clamor de los espíritus y las olas pueden convertir un barco en astillas. Nadie pensará mal de usted, señorito Jack, si abandona el barco aquí en Río. Nos arreglaremos para conseguirle un pasaje de vuelta a Boston.

Jack desvió su mirada de Praiseworthy y entrecerró sus ojos contra la brisa. Sentía un vacío dentro de sí. ¿Es que Praiseworthy no quería que siguiera con él?

–No estoy asustado –respondió finalmente.

–Ni siquiera había pensado en eso.

–Usted dijo que éramos socios.

–Seguro que sí. Pero nunca me perdonaría si...

–¿Usted cree que el barco se convertirá en astillas?

–El *Lady Wilma* es un barco fuerte.

–¿Usted opina que el capitán Swain es un buen capitán?

–No hay ninguno mejor –respondió Praiseworthy.

Jack volvió a mirar al mayordomo a los ojos. ¿Volver a casa? ¿Cómo podría regresar a casa sin los bolsillos llenos de pepitas de oro?

–Entonces yo voy a California –dijo el muchacho–. No regreso. No, señor. –Se limpió la nariz–. Pero si usted no me quiere más de socio, yo....

–No diga tonterías –interrumpió Praiseworthy, con una súbita sonrisa tan brillante como la mañana –. Usted ha dicho exactamente lo que yo pensaba que iba a responder. Pero tenía que asegurarme. Lo logrará señorito Jack. Lo conseguirá.

Puso una mano sobre el hombro de Jack y éste levantó la mirada. Podía sentir el apretón tranquilizador de los dedos de Praiseworthy. El mayordomo le guiñó un ojo y Jack sonrió.

Más arriba, en la cabina del piloto, el capitán Swain estaba buscando al *Sea Raven* entre los barcos anclados. Sus mástiles eran tan gruesos como las cañas de una laguna. Muchos eran barcos de oro, igual que el *Lady Wilma*, haciendo un alto para cargar agua fresca y suministros.

Cuando la embarcación de aduana se acercó, el capitán Swain gritó:

—¿Señor, está el *Sea Raven* en el puerto?

—No, capitán. Zarpó hace cinco días.

El capitán recibió la noticia con su rugido de costumbre.

—¡Maldición! ¡Bueno, no nos demoraremos! ¡Por las amarras, zarparemos mañana con la marea alta!

Mientras el *Lady Wilma* cargaba carbón y provisiones frescas, los buscadores de oro invadieron la ciudad. Había americanos por todas partes. Jack envió la carta. Si bien se había acostumbrado a caminar por el barco, había olvidado cómo hacerlo en tierra firme. Las calles empedradas de Río parecían inclinarse y ondear bajo sus pies. Praiseworthy utilizó su paraguas como bastón hasta que la ciudad pareció no ondularse más.

Durante todo el día se pudieron ver barcos arribando y zarpando. Viejos amigos de New Bedford, de Salem o de Concord se encontraban en las calles a miles de millas de sus hogares.

Esa noche cuando Praiseworthy y Jack regresaron al barco, iban cargados de frutas exóticas nunca vistas en Boston, plátanos, piñas y guayabas. Cuando despertaron a la mañana siguiente, el *Lady Wilma* ya estaba internándose en el mar con la marea alta. Jack miró a través del ojo de buey y vio cómo la ciudad iba alejándose y los edificios, con sus enormes ventanales de cristal, reflejaban, como espejos, el rosado cielo del amanecer.

Después del desayuno Jack se dirigió al bote de popa con restos de comida para Buena Suerte. De repente, escuchó el resonar de la trompeta de alarma del doctor Buckbee. Un momento después, el veterinario apareció por el pasillo con la trompeta en sus labios y las mejillas hinchadas como manzanas. El ruido atrajo a los pasajeros de varios lugares.

—¡Me han robado! —se lamentó el doctor Buckbee, haciendo una pausa para recobrar el aliento—. ¡Ha desaparecido!

—¿Qué pasa? —preguntó Praiseworthy, interrumpiendo su paseo alrededor de la cubierta—. ¿Qué desapareció?

—¡Mi mapa del oro! ¡Estoy arruinado! —El veterinario dio un lamento final con la trompeta—. Mi hermano, que en paz descanse, me lo envió por correo cuando estaba moribundo en California. Y ahora me lo han robado. ¡Ha desaparecido!

—¡Higgins Ojo-Cortado! —dijo Juan Montaña

Pero casi enseguida se descubrió que Higgins Ojo-Cortado también había desaparecido. Se habían olvidado de él con el apuro de cargar agua y carbón.

Y cuando Jack llegó a la cubierta de popa se encontró con que Buena Suerte también había desaparecido. El pequeño bote tampoco estaba allí. Todo lo que quedaba era la lona sobre dos cajas vacías y un barril.

—¡Bribón! —exclamó el capitán Swain—. Se debe haber escapado la noche que anclamos en la bahía de Río, esperando poder entrar al canal. Seguramente, fue remando hasta la orilla.

—¡Regrese! —ordenó el doctor Buckbee, agitando en el aire su pequeña trompeta y dando vueltas sobre su pata de palo.

—Imposible —respondió el capitán con pesar.

—Entonces, señor, estoy arruinado. Arruinado.

—Tonterías —dijo Praiseworthy—. Me atrevo a asegurar que hay más de una mina de oro en California. Usted puede ser el primero entre nosotros en hacerse rico.

Jack no dijo nada acerca del cerdo. En la oscuridad y con el apuro de escaparse, Higgins Ojo-Cortado no debió haberse dado cuenta de que tenía un compañero, de rabo enroscado, a bordo del bote. Jack estaba apenado porque el doctor Buckbee había perdido el mapa que señalaba el sitio de la mina, pero se sentía feliz de que Buena Suerte hubiese escapado. Sin duda, el ladrón había dejado el bote en la playa con el cerdo dentro. Jack miró cómo la verde costa de Brasil se alejaba aún más y sonrió.

El cerdo estaba a salvo del cocinero para siempre.

5

Tierra del Fuego

Los días se fueron haciendo más cortos. El *Lady Wilma* se dirigía hacia la punta de Sudamérica y el verano iba desapareciendo.

Jack, quien había ido descalzo durante semanas para estar fresco, se puso los zapatos para mantenerse abrigado. Los buscadores de oro guardaron los sombreros de paja y sacaron la ropa interior de lana de los baúles. Cerca de las costas de la Patagonia, Jack se despertó un día y encontró seis pulgadas de nieve sobre cubierta y una escuela de ballenas cerca de la proa de estribor. Muy pronto los pasajeros se arroparon como capullos. Los hombres delgados parecían gordos, y los gordos parecían enormes.

Durante días, Jack y Praiseworthy observaron a la tripulación ajustar los obenques y revisar las lonas contra el viento y las violentas aguas del Cabo de Hornos. Un aire de inminente aventura recorría el barco. Jack escuchaba historias de buques balleneros que desaparecieron para siempre en el rugiente Cabo; de barcos con velas de cruz cuyos mástiles fueron arrancados como árboles; de bergantines empujados hacia atrás por horrendos vientos de proa y de barcas perdidas en nieblas sin fin.

–Tonterías –decía Praiseworthy–. Simples historietas. Pero a Jack le parecían todavía más fabulosas las historias de capitanes tentados por una ruta más corta para llegar al Pacífico, a través del angosto y peligroso Estrecho de Magallanes. Ahí, algunas veces los barcos se quebraban en dos, como nueces partidas, entre las rocosas mandíbulas del estrecho. Más de un valiente capitán había regresado en busca de las aguas más apacibles del Cabo de Hornos.

–Necedades y tonterías –decía Praiseworthy, aunque en realidad, él creía todas esas historias–. Puede que encontremos un poco de mal tiempo, caballeros, pero nuestro capitán conoce el Cabo como la palma de su mano. Él mismo me lo dijo. El toro salvaje de los mares podría navegar por estas aguas con los ojos cerrados.

–Bien –dijo el señor Azariah Jones–. Espero que no lo intente. Preferiría que mantuviera los dos ojos abiertos. –El mercader yanqui llevaba una bufanda envuelta alrededor de la cara, como si tuviera dolor de muelas, para mantener las orejas calientes.

En la cabina de mando, el capitán Swain estudiaba las cartas de navegación. Obviamente, el *Sea Raven* llevaba mucha delantera, pero San Francisco estaba aún muy lejos. El capitán conocía muy bien las tormentas al acecho en el Cabo de Hornos: vientos que podían hacer retroceder un barco veinte millas por cada una que avanzaba. Sin embargo, cuanto más se acercaba el *Lady Wilma* a la brava punta del continente, más ansioso se ponía el capitán Swain. Ésas eran aguas para probar la pericia de cualquier capitán.

Praiseworthy, que no había nacido para correr aventuras, se sorprendió al hallar ésta definitivamente de su agrado. Su rostro se estaba curtiendo. Todos los días, buenos y malos, caminaba apresuradamente alrededor de cubierta, y gozaba del rocío del mar en sus mejillas.

–Debo admitir –le dijo a Jack– que estoy deseando echar una mirada al notorio Cabo. Usted podrá ver los fuegos.

–¿Fuegos? –preguntó Jack, tratando de mantener el ritmo de Praiseworthy.

En la Tierra del Fuego. El capitán me cuenta que los nativos mantienen grandes fogatas ardiendo día y noche. Las

fogatas evitan que tanto ellos como sus ovejas se hielen. Por eso se llama Tierra del Fuego.

Un chorro de agua se elevó desde la proa y cayó como si fuera lluvia.

—Tierra del Fuego —dijo Jack—. Estaré atento.

Casi sin aviso la primera tormenta llegó rugiendo de las desolaciones árticas y volcó toda su furia sobre el barco. El sol se apagó como un fósforo. Los vientos prolongados, rugientes, cargados de granizo, chocaron contra el buque como perdigones. El timón de roble saltó de las manos del timonel. El *Lady Wilma* se tambaleó sobre el costado, hundiendo profundamente su costillaje en el mar.

Jack, que acababa de sentarse para tomar un plato de sopa, vio volar el plato en una dirección, la sopa en otra, y la cuchara en otra.

–Creo que hemos arribado al Cabo –dijo Praiseworthy, sujetándose el bombín.

El capitán Swain ayudó con el timón, enderezando el barco y poniendo el bauprés hacia el viento. En el gran salón, los buscadores de oro eran lanzados unos sobre otros, en un amasijo de brazos y piernas. Tan pronto como se desenredaban, otra sacudida violenta del barco los volvía a enredar.

La campana del buque repicaba al viento. De las crestas de las olas salían explosiones aullantes. El *Lady Wilma* cabalgaba sobre el oleaje, y parecía trepar la mitad del camino hacia el cielo, para precipitarse con un choque violento sobre la hondonada. Jack pudo observar increíbles imágenes del salvaje mar, a través del ojo de buey, y si bien tenía miedo, estaba muy ocupado, sujetándose, para pensar en ello.

El barco se adentró más en la tormenta. El agua del mar inundaba las cubiertas y bajaba por las escotillas como cataratas. Los marineros, con sus gorros, iban de un lado a otro, asegurando las amarras y guardando cada pieza de lona.

–Una simple ráfaga –dijo Praiseworthy, sujetándose a un

poste con el mango de su paraguas negro–. Creo que en estas latitudes esto se considera un buen día de primavera.

El mal tiempo duró más de una semana. Durante un día o dos las aves volaron del cielo y se posaron sobre los penoles. Los buscadores de oro salieron de sus camarotes, lastimados, somnolientos y hambrientos. Algunos decían que era más difícil comer que dormir, y otros, que era más difícil dormir que comer.

Pero apenas se calmaba el mar cuando otro ventarrón irrumpía desde el cielo. El capitán Swain permanecía todo el tiempo en la cabina de mando. Las noches duraban ahora dieciséis horas y los días eran un simple destello de luz. El *Lady Wilma* continuaba su trayecto hacia el oeste, luchando por cada pie de agua. Sus ruedas de paletas batían hora tras hora y día tras día.

Teniendo ya experiencia, Praiseworthy y Jack ayudaban a mantener el fuego de las calderas. El mayordomo no parecía asustado a pesar del golpear y tronar del mar, y Jack se sentía protegido a su lado.

Las lámparas de aceite de ballena oscilaban en los pasillos día y noche, lo que hacía difícil distinguir el uno de la otra. Las noches eran lo peor. La hamaca de Jack se balanceaba y las paredes del camarote se estremecían. Si el señor Azariah Jones no era despedido de su litera, lo era el doctor Buckbee. Más de una vez Juan Montaña se los encontró tendidos sobre él al despertarse.

–¡He conocido osos grises que eran mucho más amistosos que este maldito Cabo de Hornos!

Los fuertes vientos de proa detuvieron completamente el barco, y Jack comenzó a dudar si alguna vez llegarían al Pacífico. El *Lady Wilma* iba a toda máquina pero no lograba avanzar.

Pero después, llegaba la calma como una gran broma. Tan pronto como los pasajeros comenzaban a roncar en los camarotes, se desataban nuevos vientos, y con una sacudida despertaba a todos.

–No podremos dormir hasta que lleguemos al Pacífico –señaló Praiseworthy.

Los ojos de buey estaban casi congelados, y sólo una vez pudo Jack vislumbrar tierra hacia estribor. Las oscuras cumbres parecían colgar como cortinajes del cielo nebuloso. De repente, el tiempo empeoró y desaparecieron de la vista.

–¿Piensa usted qué existe alguna posibilidad de alcanzar el *Sea Raven*? –preguntó Jack, sujetándose a la hamaca.

–Podríamos pasar a cien yardas el uno del otro sin saberlo –dijo Praiseworthy.

–No veo la hora de llegar a San Francisco –dijo el señor Azariah Jones.

–Espero que ganemos –dijo Jack.

–No creo que el capitán Swain tenga la menor intención de perder –dijo Praiseworthy.

Durante treinta y siete días el barco acometió a través de vientos que, golpeándolo, trataban de hacerlo retroceder. Al fin, en la mañana de un martes, salió el sol, claro y brillante, colgando como un adorno en el cielo norteño. Una por una se abrieron las escotillas y los buscadores de oro salieron a cubierta como si procedieran de una oscura mazmorra. Sus ojos pestañeaban no acostumbrados a la luz del día.

—¡Lo conseguimos! —gritó Juan Montaña, tirando su gorra de piel—. ¡Muchachos, éste es el Océano Pacífico!

Un clamor se extendió por el barco y el capitán Swain se asomó desde la cabina de mando. Su barba había crecido una pulgada. Saludó efusivamente y después se subió al tambor de ruedas de paleta, tomó el catalejo y se puso a escudriñar el mar.

—¡Por las amarras! —rugió—. Ahí está el *Sea Raven*. ¡Y está a popa!

Se elevó otro clamor y los buscadores de oro corrieron a la cubierta de popa para mirar. Allí, efectivamente, estaba el *Sea Raven*, bastante rezagado. A Jack le pareció que éste era el momento más emocionante de su vida.

—Una hazaña notable —dijo Praiseworthy, un poco sorprendido.

Parecía casi imposible que el *Lady Wilma* hubiera arremetido contra las furias de los últimos treinta y siete días y se encontrara con ventaja. Y sin embargo, allí estaba el *Sea Raven* detrás de ellos, como prueba.

—Busqué los fuegos —dijo Jack—. Pero nunca los vi, Praiseworthy.

Repentinamente, los ojos del mayordomo se iluminaron.

—Señorito Jack, usted resolvió el misterio.

—¿De qué misterio habla?

—Usted no vio los fuegos de Tierra del Fuego porque no se podían ver.

—Pero usted dijo...

—Quiero decir que los fuegos estaban, pero *nosotros* no.

En ese momento el capitán Swain se unió a los buscadores

de oro en la cubierta de popa. Jack nunca lo había visto con una sonrisa tan amplia y alegre.

–Espero, caballeros, que hayan disfrutado del pasaje alrededor del Cabo –dijo el toro salvaje de los mares.

–Capitán –dijo Praiseworthy con un destello en sus ojos–. El señorito Jack parece saber su secreto.

–¿Qué quiere decir?

–No le hemos dado la vuelta al Cabo, señor.

El capitán Swain le dio una mirada titilante a Jack.

–¿Es cierto, muchacho?

–Todo lo que dije fue...

–Lo que él quiere decir es que usted logró la hazaña más arriesgada de la navegación, señor –interrumpió el mayordomo–.

–La razón por la cual el señorito Jack no vio los fuegos en el extremo de la tierra, es ¡que usted llevó al *Lady Wilma* a través del mortal Estrecho de Magallanes!

–¿El Estrecho de Magallanes, dice usted? –El capitán se frotó su gruesa nariz–. Eso es un cementerio de barcos. –Y después le dio a Jack una mirada de soslayo–. Por supuesto, acorta centenares de millas al viaje alrededor del Cabo. *Centenares* de millas. Puede ser una tentación para un capitán de barco.

–¿Usted quiere decir, señor –preguntó el señor Azariah Jones, palideciendo–, que hemos estado dando bandazos en ese terrible lugar?

–Confieso –dijo el capitán sonriendo–, que el muchacho me ha descubierto. –Y después, señalando el *Sea Raven* dijo:

–¡Mírenlo, siguiéndonos como un pollito detrás de una gallina!

6

Papas podridas

Día tras día los dos barcos del oro compitieron durante su trayecto hacia el norte a lo largo de la peligrosa costa de Chile. El humo negro se elevaba de sus chimeneas y era expedido en grandes franjas por el viento.

Jack estaba sentado sobre un barril y Praiseworthy estaba de pie, a su lado, con un par de tijeras. El pelo del muchacho había crecido como un cepillo durante el largo pasaje a través del Estrecho, y Praiseworthy no tenía la intención de dejarlo crecer más.

–¡Quédese quieto!

–Estoy quieto –dijo Jack–. Tan quieto como puedo.

Praiseworthy siguió cortando.

–Usted será todo un joven antes de que su tía Arabella lo vuelva a ver, de otra forma no me lo perdonaría. Se asombrará de lo mucho que ha crecido.

–Praisewrothy, ¿cree usted realmente que nos haremos ricos?

–Sin duda alguna.

El viento se llevó los mechones de pelo rubio.

–Quizás habrán excavado todas las pepitas de oro antes de que lleguemos allá.

–Tonterías. Habrá suficiente para todos.

Pero en lo profundo de sus pensamientos, Praiseworthy no creía por un momento que se toparían a su paso con montones de oro. Sin embargo, era su deber que el señorito Jack se hiciera rico. No podían regresar a Boston sin una o dos bol-

sas de oro, cuando algunos de los pasajeros habían traído baúles y cajas para llenarlas con pepitas y polvo de oro.

Mientras Praiseworthy seguía cortándole el pelo, varios pasajeros se congregaron alrededor para mirar y opinar. Aun un corte de pelo rompía la monotonía de esos interminables días en el mar.

—Necesita un poco más de corte del lado de babor —dijo el doctor Buckbee, que había tirado su trompeta de alarma y recobrado su buen humor.

–No –dijo Juan Montaña–. Recorte alrededor de estribor, Praiseworthy. Ahí es donde necesita emparejar un poco.

Un grito del vigía atrajo la atención de todos hacia el *Sea Raven*, que les seguía detrás.

–¡No echa más humo, capitán!

En realidad no salía humo de su chimenea. El capitán Swain salió a cubierta y fijó su atención en el barco.

–Sus carboneras están vacías –dijo–. Navegó alrededor del Cabo. Nosotros ahorramos combustible atravesando el Estrecho. Pero nuestra situación no es mucho mejor, caballeros. ¡Si este viento no cambia de dirección, quemaremos muy pronto nuestra última reserva de carbón!

Al final del día, el *Sea Raven* desapareció completamente de vista, en el horizonte. Praiseworthy no se alegró de la ventaja del *Lady Wilma*.

–Lo que cuenta es el final de la carrera –dijo nuevamente.

El viento no cambió. Cesó completamente. El *Lady Wilma* logró mantener el vapor en su caldera por casi una semana. Los días eran cada vez más calurosos y pronto los buscadores de oro se desprendían de los abrigos y suéteres.

Jack andaba descalzo y se aficionó a trepar los rebenques, las escaleras alquitranadas de cáñamo, que se extendían hasta el tope de los mástiles. Usaba un gorro tejido que el primer oficial le había dado y se pasaba horas y horas en el puesto de vigía contemplando el mundo. Había veces que pensaba que podía ver casi hasta California.

Llegó el día cuando la última paletada de carbón fue extraída de los depósitos. El fuego de la caldera se apagó. Cesó el batido y el latido alegre de las ruedas laterales, y el *Lady Wilma* quedó inmóvil.

Día tras día el barco del oro languidecía en el mar esperando un viento que impulsara sus velas. Transcurrió una semana, dos. El agua fresca en los tanques bajó peligrosamente y el capitán ordenó que se racionara – para beber solamente.

Desde el puesto de vigía, Jack observaba a los buscadores de oro, recorriendo la cubierta como hombres enjaulados. Un día, Praiseworthy subió a los rebenques con el bombín, el paraguas y todo, y juntos se pusieron a buscar ballenas para pasar el tiempo.

–¿Es tía Arabella una solterona? –preguntó Jack solemnemente.

–¿Una solterona? –replicó Praiseworthy, apoyando el mentón sobre el mango de su paraguas– . Su tía Arabella es una mujer joven y hermosa.

–¿Es a causa de mis hermanas y de mí?

–¿Qué quiere decir?

–Quiero decir que si no hubiera tenido que criarnos quizá se hubiera casado hace mucho tiempo.

El mayordomo desechó ese pensamiento.

–Eso es una tontería.

–Sarah dijo una vez que era por nosotros.

–La señorita Sarah está equivocada. No tengo la menor duda de que su tía Arabella simplemente está esperando a que llegue el caballero adecuado. Y me atrevo a decir que cuando esto ocurra, él estará encantado de ganar dos magníficas sobrinas y un joven y valiente sobrino.

–Constance dijo que tía Arabella estuvo enamorada una vez, pero él murió y ella nunca lo ha olvidado.

–La señorita Constance está equivocada, estoy seguro –replicó suavemente Praiseworthy–. No hablemos más de este asunto. Mire, ¿no son esos, tiburones?

Eran tiburones y Juan Montaña, que estaba pescando, atrapó a uno. Llamó al cocinero, y el señor Azariah Jones se quedó boquiabierto:

–Usted no va a comer esa cosa, ¿verdad?

–Seguro que lo voy a comer –respondió Juan Montaña–. Si él tuviera la oportunidad me devoraría, ¿no es cierto?

Pasó otra semana y los dieciocho barriles de papas del señor Azariah Jones comenzaron a pudrirse en la bodega.

–Estoy arruinado –se lamentaba, recorriendo la cubierta de un lado a otro. Su grueso rostro parecía colgar bajo un sombrero grande de paja.

–Tonterías –le dijo Praiseworthy, que había salido para dar un paseo por cubierta.

–Soy pobre –gimió el mercader yanqui–. He invertido cada centavo que tenía en esas papas. Le digo que estoy arruinado.

–Entonces, debe venderlas –comentó el mayordomo, que sólo deseaba ayudar.

–¿Vender unas papas podridas? Mi buen amigo, está claro que usted no sabe nada acerca de negocios. Absolutamente nada.

–¿Quién cree usted que las compraría?

–No tengo la menor idea –dijo Praiseworthy–, pero es porque no lo he pensado a fondo.

Era un problema difícil aun para Praiseworthy. Al día siguiente, se pudo ver a Monsieur Gaunt, el inmigrante francés, recorriendo la cubierta en una dirección mientras el señor Azariah Jones la recorría en la otra.

–*Mon dieu* –declaró el francés–. ¡Estoy arruinado! Mis vides se están secando y el capitán no quiere darme ni una gota de agua fresca para mantenerlas vivas. ¡Estoy arruinado!

–Entonces debe regarlas –dijo Praiseworthy.

–¡Regarlas! –exclamó el francés–. ¡Regarlas dice usted! ¿Con qué, señor?

–Con agua, por supuesto –replicó el mayordomo.

El francés sacudió la cabeza.

–Tengo cincuenta piezas de oro en mi cinturón, ¡pero ni con mil piezas de oro podría comprar una gota de agua fresca en este barco!

–Tenemos que encontrar la manera –dijo Praiseworthy.

El agua fresca y el carbón estaban a mil millas de distancia hacia el norte en el puerto de El Callao, en la costa de Perú. Pero parecía que el *Lady Wilma* había echado raíces en ese lugar, tranquilo e inmóvil.

Durante todo el día Praiseworthy estuvo pensando. El mayordomo se decía a sí mismo que tanto Monsieur Gaunt como el señor Azariah Jones eran muy buenas personas y que debería hacerse algo para ayudarlos. Pero aun si se levantaba un fuerte viento, el barco difícilmente podría llegar al puerto a tiempo para salvar las vides. Tampoco, en El Callao, suponía Praiseworthy, se podría encontrar un comprador para dieciocho barriles de papas podridas.

–Sin lugar a duda, señorito Jack –dijo Praiseworthy–, parece que soy un fracaso en mi primer intento como comerciante y como agricultor. Supongo que por lo menos deberíamos reembolsar al señor Azariah Jones el precio de las papas crudas que nos comimos cuando éramos polizones.

De repente, las cejas de Jack se elevaron. Un pensamiento relampagueó por su mente, que lo dejó sin habla por unos segundos.

–¡Praiseworthy! –exclamó–. ¡Ya está!

–¿Ya está qué?

–¡Ya lo tiene!

–¿Qué tengo?

En ese momento, el señor Azariah Jones llegaba desde un extremo de cubierta, mientras Monsieur Gaunt venía por el otro. Rápidamente, Jack le explicó a Praiseworthy su idea y sus ojos se iluminaron instantáneamente.

–Caballeros –dijo el mayordomo, usando su paraguas para detener al mercader yanqui y al francés–. El señorito Jack me dice que ha encontrado la solución.

–Es tan simple que hasta a un niño se le pudo haber ocurrido.

–¿Cómo es eso? –preguntó el señor Azariah Jones, sus manos entrelazadas, sin esperanzas, detrás de su espalda.

–Monsieur Gaunt –dijo Praiseworthy–. Como su consejero agrícola, le sugiero que compre los dieciocho barriles de papas del señor Azariah Jones. Están un poco podridas, pero es un buen negocio.

–¡Papas! –exclamó el francés–. ¡No haga bromas, monsieur!

–Le aseguro que no es una broma –dijo Praiseworthy.

–Vamos, Praiseworthy –rezongó el mercader yanqui–. Nadie me pagará por unas papas podridas.

–Tonterías –dijo el mayordomo–. Puede que estén podridas, pero son jugosas. señor. El señorito Jack puede atestiguarlo. Son como gruesas gotas de lluvia cubiertas con una cáscara marrón. Monsieur Gaunt, lo único que usted tiene que hacer es enterrar cada una de sus vides dentro de una papa. Me atrevo a decir que vivirán todo el trayecto hasta El Callao.

El francés y el mercader yanqui se miraron uno al otro bajo el sol, y una sonrisa iluminó sus rostros fláccidos y tristes.

–¡Le compro sus papas! –exclamó Monsieur Gaunt.

–¡Le vendo mis papas! –exclamó el señor Azariah Jones.

–¡Estoy salvado! –dijo uno.

–¡Estoy salvado! –dijo el otro.

Y el negocio se finalizó en el momento. Jack, silencioso, metió las manos en los bolsillos y se sintió orgulloso de sí mismo. Si no hubiera sido un polizón, si no hubiera saciado su sed con las papas que tenía a mano, es posible que alguna colina se hubiera quedado sin viñedo.

–Caballeros –dijo el señor Azariah Jones, rebosante de alegría, dirigiéndose a Praiseworthy y a Jack:

–Necesitarán algunas herramientas en los yacimientos de oro. Cuando lleguemos a El Callao les compraré los mejores picos y palas que se puedan conseguir.

–Al contrario –corrigió el francés–. Seré yo el que compre los mejores picos y palas que se puedan conseguir en El Callao. ¡En todo Perú!

Dicho eso, Monsieur Gaunt corrió a la bodega y comenzó a trabajar usando una navaja. Hizo huecos en las papas e introdujo las vides en los mismos como si fueran pajillas.

A la mañana siguiente se levantó un viento del sur y las velas del *Lady Wilma* se hincharon como grandes olas blancas. Se escuchó un alegre griterío y el barco comenzó a moverse en el mar. Durante los días que siguieron, el señor Azariah Jones le comentaba a cualquiera que quisiera escuchar:

–Praiseworthy y el muchacho son una pareja singular. Son comerciantes natos. ¡Imagínese encontrar un comprador para dieciocho barriles de papas podridas!

Los vientos rápidos condujeron al *Lady Wilma* a latitudes más cálidas. Pronto los argonautas estaban nuevamente en mangas de camisa y una excitación creciente se apoderó de ellos, como si pudieran oler tierra en el aire. Los hombres comenzaron a recortarse las barbas y a lavar sus ropas. El Callao estaba a diez días de marcha.

Con su gorro de punto, Jack comenzaba a parecerse a un

joven marinero. El salitre del mar y el viento habían endurecido su rostro.

Cada vez subía más y más alto en los obenques, explorando los misterios en la arboladura, los marchapiés, recubrimientos y bloques. Más de una vez el contramaestre, un fanfarrón con voz de rana, lo echó pero era como tratar de impedir que un chico trepara al árbol de su patio.

Colgado de una verga, Jack fue el primero en avistar una manchita blanca en el horizonte detrás del *Lady Wilma*. La mancha creció hasta convertirse en velas, las velas en un barco, y éste resultó ser el *Sea Raven*.

–¡Nos está alcanzando! –gritó Juan Montaña.

A mediodía, el *Sea Raven* navegaba a nuestro costado. El viento parecía alzarlo y transportarlo como una pluma.

–¡Maldición! –rugió el capitán Swain–. ¡Y yo medio hundido en el agua con ladrillos de construcción! ¡Ladrillos! ¡Ladrillos! ¡Me dan ganas de tirarlos por la borda!

Al anochecer, el *Sea Raven* había desaparecido en el horizonte, con mucha ventaja.

7

El final de la carrera

Cuando el *Lady Wilma* entró en la bahía azul de El Callao, Jack contó treinta y un barcos de vela anclados. Se sintió decepcionado al no ver por ningún lado el perfil alto del *Sea Raven*.

—Ha cargado carbón y agua fresca —saltó el capitán—. ¡Ha cargado y se ha marchado!

No obstante, la alegría parecía reinar entre todos. Después de muchos meses en el mar, los buscadores de oro miraban la soleada y pequeña ciudad como si fuera París o Londres. No podían esperar para desembarcar. Apenas habían acabado de echar las amarras cuando los hombres comenzaron a saltar al muelle.

—¿Desembarcamos, señorito Jack? —preguntó Praiseworthy.

—Me encantaría —sonrió Jack.

Jack envió otra carta a su casa en Boston. Las calles estaban colmadas de marineros y buscadores de oro, y a la distancia, la impresionante cordillera de los Andes se elevaba como un paisaje pintado. La ciudad no era mucho más grande que el barco que recientemente habían dejado en el muelle, pero era tierra, tierra firme. Jack casi se había olvidado del olor del polvo. Lo aspiró como si fuera perfume. El mayordomo y el muchacho recorrieron la ciudad en mulas y el día transcurrió como si estuvieran de excursión.

Después, por la tarde, el señor Azariah Jones los encontró en la soleada plaza.

—Miren —dijo rebosante de alegría—. ¡Compré los últimos picos y palas que quedaban en la ciudad! Desde que comenzó

la fiebre del oro en California, los estantes se han quedado vacíos. Y también compré una palangana. ¡Son suyos!

–¡*Voilà*! –dijo Monsieur Gaunt, apareciendo de entre la multitud y dejando caer un pico y una pala a sus pies–. ¡Conseguí los últimos en la ciudad! ¡Y también una palangana, amigos!

Se detuvo a mirar al mercader yanqui, que a su vez lo observaba a él.

–Caballeros –sonrió Praiseworthy–. Pienso que podemos decir con seguridad que ustedes han encontrado los *dos* últimos picos y palas en El Callao. Nos traerán suerte. El señorito Jack y yo...

Sus palabras de agradecimiento fueron interrumpidas por el repicar de la campana del *Lady Wilma* llamando a los pasajeros de regreso al barco.

–¡Rápido, muchachos! –gritó Juan Montaña–. ¡El toro salvaje de los mares se sentiría muy feliz de zarpar sin nosotros!

Hubo una carrera desenfrenada hacia el muelle, pero cuando Jack se dió vuelta, Praiseworthy ya no estaba a su lado. A Jack se le pusieron los pelos de punta. El mayordomo había desaparecido.

64

–¡Praiseworthy!

La campana del barco repicaba en el aire, pero Jack no sabía en qué dirección correr. No podía dejar atrás a Praiseworthy. ¿Es que no había escuchado la campana del barco? ¿Qué le había sucedido?

–¡Praiseworthy!

Jack no podía moverse, como si estuviera anclado al lugar por el pico y la pala. Tenía que luchar para contener un río de lágrimas. El *Lady Wilma* zarparía sin ellos.

Y entonces, de la puerta de una tienda cercana, apareció el mayordomo, alto y elegante con su bombín y sus guantes blancos. Acarreaba el pico y la pala sobre un hombro, la palangana debajo del brazo y un extraño paquete envuelto en papel de periódico, colgando libremente de su mano. Jack nunca se había sentido tan feliz de ver a alguien en su vida.

–¡Rápido! –gritó desesperadamente–. ¡Nos van a dejar en tierra!

–Difícilmente –dijo Praiseworthy–. Tuve que detenerme y comprar algo para nuestro buen capitán. Vamos, señorito Jack.

Jack trató de ocultar que había estado a punto de llorar. Se echó el pico y la pala sobre un hombro, tomó la palangana y juntos, el muchacho y el mayordomo, se apresuraron hacia el muelle.

Uno por uno desde todos los callejones comenzaron a seguirlos varios gatos. Cuando llegaron al barco parecía como si todos los gatos abandonados de El Callao los estaban siguiendo.

Por lo menos doce gatos siguieron a Praiseworthy a bordo, antes de que se elevara la pasarela. La tripulación, con sus gorros de punto, estaba demasiado ocupada desatando las amarras y preparándose para zarpar para preocuparse por la invasión de los gatos peruanos.

Jack dejó caer el pesado pico y la pala, con un golpe metálico, sobre cubierta y miró el paquete de Praiseworthy.

—¿Una rata muerta? —preguntó.

—Nada de eso —respondió el mayordomo.

—¿Queso?

—No.

—¿Riñón fresco?

—Exactamente —dijo Praiseworthy, levantando el paquete fuera del alcance de los gatos—. Al capitán Swain le gusta mucho el pastel de riñones. Prometí enseñarle al cocinero una vieja receta que mi tatarabuelo preparaba para el duque de Chisley.

Pero en ese momento, el capitán Swain no estaba de humor para pastel de riñones. El buque había cargado agua fresca pero ni una sola onza de carbón.

—¡Maldito sea el *Sea Raven*! —vociferaba—. Ha llenado sus calderas y apilado el carbón en cubierta. ¡Montañas de carbón! ¡Se ha llevado cada pedazo que había en El Callao! ¡Se aseguraron de que no quedara nada para nosotros!

Una vez en el mar, el *Lady Wilma* encontró una buena brisa. Si bien sus carboneras estaban vacías, navegaba más liviano

sobre el agua y prosiguió su curso. Los gatos peruanos aprendieron a desaparecer cada vez que el contramaestre aparecía, amenazándolos con tirarlos por la borda.

En un momento de descuido, una ráfaga de viento se llevó el sombrero de Praiseworthy. Se fue rodando al mar, se llenó de agua, y se hundió.

Praiseworthy se quedó sin sombrero y sin habla. Durante tres o cuatro días no fue la misma persona. Extrañaba su sombrero. Sin su sombrero, casi no se sentía un mayordomo. Pero Jack pensaba que lucía muy bien.

Una semana más tarde, mientras el calor se intensificaba, Praiseworthy comenzó a cubrirse la cabeza con un pañuelo. A Jack le gustaba todavía más.

–Se parece a un pirata –le dijo sonriendo.

–Tonterías, señorito Jack –dijo Praiseworthy.

Esperando encontrar carbón, el capitán Swain ancló en las Galápagos. Pero no había nada en esas islas desoladas, excepto unos pocos atados de leña. Y había todavía menos que ver, a no ser los tiburones en la bahía.

El *Lady Wilma* prosiguió su curso. Con la fiebre del oro, los barcos a vapor recién comenzaban a navegar alrededor del Cabo al Pacífico, y los lugares para reabastecerse de combustible no eran muy frecuentes.

Semanas mas tarde, cerca de las costas de México, una excitación repentina recorrió las cubiertas del barco. Se había avistado el *Sea Raven*. Estaba moviéndose pesadamente en el mar, abrumado por las toneladas extras de carbón. Se le veía amontonado en enormes pilas negras sobre las cubiertas superiores.

–¡Qué me cuelguen! –gritó Juan Montaña–. ¡Estamos por pasarlo!

Jack estaba en los rebenques y su corazón latía con fuerza. El *Sea Raven* parecía medio hundido en el mar. Sus pasajeros podían verse sobre la baranda, tristes y silenciosos, mientras el *Lady Wilma* los dejaba atrás.

–¡Por las amarras! –dijo el capitán Swain, alegremente, dando un salto sobre el tambor de la rueda de paletas–. ¡Supongo que si hay algo más pesado que una tonelada de ladrillos, es una tonelada de carbón!

Cuando las marrones colinas de California se distinguieron en el puerto, el *Lady Wilma* llevaba gran ventaja. Mientras tanto, los gatos peruanos habían tenido gatitos peruanos.

–Los ahogaré a todos –juró el contramaestre. Pero primero tenía que atraparlos. Apenas él se acercaba, corrían a esconderse, desapareciendo en segundos. Encontraron todos los escondites del barco e inventaron nuevos. Jack trató de ignorarlos, ya que Buena Suerte le había enseñado una lección pero terminó por dejar las sobras de la comida en cubierta las cuales desaparecían durante la noche.

El doctor Buckbee pasaba los días pescando, con la línea atada alrededor de su pata de palo. Se quedaba dormido a

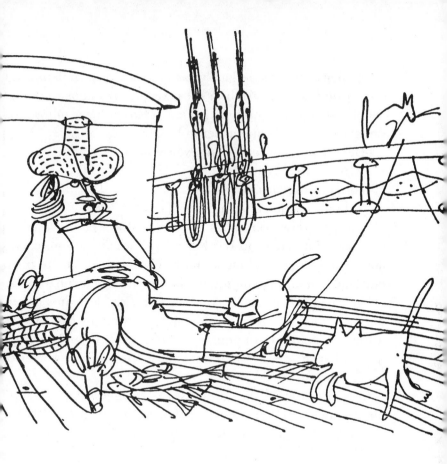

sol hasta que un tirón lo despertaba. Pero, cuando estaba de espaldas, los pescados desaparecían como si se desvanecieran en el aire. Los gatos engordaron.

A medida que San Francisco se aproximaba, y el largo viaje llegaba a su fin, los buscadores de oro volvieron a recortarse las barbas. Arreglaban sus baúles una y otra vez. Lavaban sus ropas. Y tarareaban, silbaban y cantaban la misma canción.

¡Oh, Susana!
No llores más por mí.
Volveré de California
con oro en la palangana.

Los pensamientos de Jack volaron hacia los yacimientos de oro. ¿Cómo serían? ¿Habría osos pardos, bandidos e indios? Seguro, se dijo a sí mismo. ¿No era acaso un lugar inhóspito? En tal caso, tendría que haber indios, bandidos y osos.

–Deberíamos conseguir un revólver –le dijo a Praiseworthy.

–¿Un revólver? ¿Para qué?

–Para protegernos.

–Tonterías –dijo el mayordomo.

Pero Jack observó que los otros buscadores de oro estaban ocupados limpiando sus revólveres y rifles y afilando sus cuchillos. Le hubiera gustado tener un revólver. Uno de cuatro tiros, quizás, o aun un viejo mosquete del ejército con una bayoneta.

Una mañana brillante, con San Francisco a menos de un día de recorrido, los vientos desaparecieron. Por la tarde, las nubes se acumularon en el cielo y los vientos de proa descendieron sobre el barco como queriendo hacerlo retroceder sobre su estela.

Con el vapor de sus calderas, el *Sea Raven* siguió firmemente su curso. Al anochecer, había alcanzado al *Lady Wilma*, pasándolo con gritos de júbilo y un estallido victorioso de su silbato.

–Muchachos –dijo Juan Montaña–. Parece que estamos vencidos.

–No todavía –dijo Praiseworthy, dirigiéndose a la cabina del piloto. –El *Lady Wilma* estaba dando un amplio viraje. Podría ser arrastrado centenares de millas fuera de curso. Aun tan lejos como las Islas Sandwich–. El viaje no ha terminado, señor. En absoluto.

Pero para Jack, con el viento tirando de su camisa, le parecía que la suerte del *Lady Wilma* había acabado. El capitán Swain perdería el mando del nuevo clíper en construcción en los astilleros en Boston. Jack hundió las manos en los bolsillos y miró hacia la cabina del piloto. El toro salvaje de los mares no tenía ni un trozo de carbón para luchar contra los vientos de proa.

Jack estaba dormido en la hamaca cuando un ruido extraño lo despertó. Al principio pensó que sería el señor Azariah Jones roncando en sueños, o Juan Montaña, o el doctor Buckbee. Pero ellos se habían despertado también.

Un temblor recorrió el barco y después otro. Luego se escuchó un golpe de las ruedas laterales en el agua. Después otro. Y otro. Los buscadores de oro saltaron de las literas, algunos de ellos con sus gorros de dormir, congelándose de frío en cubierta. De la chimenea salían volando chispas. ¡Había vapor en las calderas!

–¿Qué está quemando el capitán? –preguntó Juan Montaña, rascándose las rojas patillas–. ¿Gatos?

–Nada de eso –dijo Praiseworthy, por encima del ruido de las ruedas laterales. –Le hizo un guiño a Jack–. Ni gatos, ni ladrillos, ni papas podridas. Como cualquier polizón podría decirles, caballeros, estamos transportando madera en las bodegas. Miles de pies. Suficiente como para construir un hotel. Al capitán Swain se le ocurrió comprar lo que necesitaba con el presupuesto para combustible del barco. Crea una linda lluvia de chispas.

Pero la carrera no se había ganado todavía, y Jack no pudo dormir más esa noche. Se puso un viejo chaquetón de marinero que el contramaestre de voz de rana le había dado, y se quedó junto a Praiseworthy en cubierta. ¡Después de todo, *ésta* sería su última noche a bordo! Las ruedas laterales giraban, más y más rápido, y el bauprés retornó a su curso como la aguja de una brújula.

–Fue usted, ¿verdad? –sonrió Jack.

–¿Yo, señorito Jack?

–Usted le dijo al capitán lo de la madera.

–Oh, él sabía que estaba ahí. Pero protestando todo el tiempo por los ladrillos, no había pensando en la madera. Se podría decir que simplemente se lo recordé.

En la oscuridad del amanecer, el *Lady Wilma* había podido alcanzar el *Sea Raven*. Los barcos del oro golpeteaban, de bauprés a bauprés, y el fulgor rojo de sus chimeneas iluminaba el mar circundante.

–¡Más madera! –gritó el capitán Swain por su altavoz–. ¡Quiero cada onza de vapor que pueda producir la caldera, y más todavía!

El *Sea Raven* también estaba haciendo una arremetida final. Al mediodía el *Golden Gate* estaba frente a ellos. Pero la sobrecarga de las montañas de carbón apiladas en cubierta era demasiado para el *Sea Raven*. Con cada golpe de sus ruedas laterales, el *Lady Wilma* fue adelantándose lentamente. Chispas llovían de la chimenea. Entró en el pasaje estrecho pero resplandeciente del *Golden Gate* y finalmente salió a la bahía de San Francisco. La ciudad se extendía a través de las dunas de arena como si hubiera surgido repentinamente la noche anterior. Parecía haber más barcos en el puerto que casas en la costa.

–¡Echen el ancla! –gritó el capitán Swain desde la cabina del piloto. Un momento después, la cadena del ancla cayó con estrépito en las aguas de la bahía, y los sombreros volaron por los aires. Sombreros de castor y de paja e incluso un gato o dos.

Praiseworthy y Jack recogieron sus picos y sus palas, las palanganas y las bolsas de viaje, y se detuvieron a observar las hileras de doradas colinas de San Francisco. Las casas parecían cajas con techos, y tiendas de campaña, de todas clases, se amontonaban a lo largo de las dunas.

–Caballeros –dijo Praiseworthy, ajustándose los guantes blancos–. Creo que ganamos la carrera.

Después de un viaje de 15.000 millas y cinco meses en el mar, los buscadores de oro habían arribado.

8

Salvados por los pelos

Con su chaquetón de marinero y su gorro, Jack se sentía como si tuviera por lo menos catorce años, quizás quince. Estaba de pie en la proa del bote ballenero y veía cómo el largo muelle se acercaba. Tropezaron contra las escaleras y Jack fue el primero en desembarcar. Su corazón latía con la excitación del momento. Habían llegado, y él estaba listo para comenzar a cavar.

–No tan rápido, señorito Jack, –dijo Praiseworthy–. No olvide su pico y su pala.

–Y no comience a cavar en las calles, se rió Juan Montaña–. A la gente de aquí no le gustaría nada.

Una oficina de telégrafos, en la cima de una colina, había advertido la llegada de un barco de ruedas laterales y ahora parecía como si todo San Francisco se hubiera congregado en el muelle. Había hombres, mujeres y niños, sin mencionar

perros, mulas y pollos. Las gaviotas revoloteaban en el aire como confeti.

Cargados con sus pertenencias, Praiseworthy y Jack comenzaron a recorrer el muelle. Había barriles y cajas apiladas por todos lados. Los mercaderes, los buhoneros y los gerentes de los hoteles se mezclaban con la multitud y les gritaban a los recién llegados.

–¡Bienvenidos, muchachos! ¡Bienvenidos a la ciudad con el crecimiento más rápido del mundo!

–¡Camisas de franela! ¡Camisas rojas de franela, señores! ¡No muestran la suciedad!

–¡Vayan al hotel Niantic! ¡Las camas más limpias de la ciudad!

–¡Cucharas de cuerno! ¡Las necesitarán para excavar! ¡Talladas en genuino cuerno de buey!

–Hospédense en el Parker House. ¡El mejor!

El muelle parecía tener una milla de largo y ser el lugar más ruidoso del mundo. Jack estaba deslumbrado por lo que veía: isleños tatuados, marineros de las Indias Orientales y chinos silenciosos con sus trenzas colgándoles de las espaldas como cadenas negras. Había mexicanos, moviéndose al compás de sus espuelas de plata y chilenos en sus largos sarapes. Había carreteros de mulas y hombres de negocios, y había mineros con botas altas y camisas de franela roja, con las barbas aún cubiertas con el barro de las excavaciones.

La ciudad resonaba con el ruido de los martillos. Se edificaba por todas partes y se escuchaba el golpeteo de una draga de arena. A la entrada de las tiendas había hombres que hacían sonar campanillas para llamar la atención de la gente.

—¡Subasta! ¡En este mismo momento! ¡Huevos frescos recién llegados de Panamá!

–Pasen, señores. Puros y tabaco de mascar.

–¡Cebollas a bajo precio! ¡Cincuenta fanegas recién llegadas de las Islas Sandwich! ¡Píldoras de calomel, aceite de castor y tachuelas para alfombras!

Jack miraba asombrado de un lado a otro de esta calle maravillosa. De los restaurantes llegaba el olor de carne de cordero asado y de los puestos de ostras se escuchaba el chisporroteo de la grasa hirviendo.

Juan Montaña se detuvo repentinamente.

–¡Qué me cuelguen! –dijo, levantando la nariz en el aire–. ¿Huelen eso?

Praiseworthy asintió.

–Es tan fuerte como para tumbarlo a uno.

–Se le hace a uno la boca agua, ¿verdad?

–No exactamente –dijo Jack, tratando de no respirar.

–¡Es carne de oso! Genuina cocina casera de California. Buena suerte en las excavaciones, muchachos. Yo seguiré mi olfato.

Siguiendo el rastro como un sabueso, Juan Montaña cruzó la calle y entró a un restaurante. Poco después, el señor Azariah Jones los abandonó, incapaz de resistir la tentación de las subastas.

Praiseworthy y Jack siguieron caminando a lo largo del paseo de madera, que estaba construido con tablas de barril clavadas juntas, y llegaron al hotel Estados Unidos, que el capitán Swain les había recomendado.

–Una buena habitación, por favor –dijo Praiseworthy al empleado del hotel–. Y creo que un baño nos vendría muy bien.

–Muy bien, señor –replicó el empleado. –Era un hombre calvo con escasos mechones de cabellos peinados hacia los costados, de oreja a oreja–. Les costará diez dólares adicionales a cada uno.

–¿Qué dice? –dijo Praiseworthy, frunciendo el ceño–. No queremos bañarnos en champán. Agua es suficiente, señor.

–El champán casi sería más barato, caballeros. El agua cuesta un dólar por balde. A menos que quieran esperar hasta el próximo noviembre. Los precios bajan cuando llueve.

–Esperaremos –dijo Praiseworthy, sin titubear. En esta parte del mundo, pensó, uno tenía que ser millonario para mantener el cuello limpio. Firmó el registro y Jack contempló con interés a un minero barbudo que se paseaba de un lado a otro del vestíbulo del hotel. Usaba un sombrero y el pelo castaño le salía por todos lados como si fuera el relleno de un colchón que se había roto.

Miraba continuamente el reloj de pared como si cada segundo que pasara fuese el último para él. Jack no podía apartar la vista del hombre. Llevaba un revólver, una cuchara de cuerno y una bolsa de gamuza colgados de su ancho cinturón de cuero. <<¡Polvo de oro!>>, pensó Jack. <<¡Lo debe haber conseguido en las minas!>>

–¡Perdición! –comenzó a murmurar el minero–. ¡Perdición!

Praiseworthy secó la firma en el registro.

–¿Cómo se llega a las minas? –preguntó al empleado.

–El barco zarpa todas las tardes a las cuatro del muelle largo. La tarifa a Sacramento es de veinticinco dólares. De ahí se llega a las excavaciones por diligencia, en mula o a pie.

Jack dirigió una mirada rápida a Praiseworthy. ¡Veinticinco dólares cada uno! ¡Ellos no tenían tanto dinero! Pero el mayordomo ni levantó una ceja.

–Tomaremos el barco mañana –le dijo al empleado.

–¡Perdición! –volvió a repetir el minero.

–Venga, señorito Jack –dijo Praiseworthy.

Las paredes de la habitación estaban cubiertas de percal de color rojo y el suelo de tablas estaba cubierto con esteras chinas. La ventana daba a la bahía, y los mástiles parecían densos bosques de pino. Había no sólo barcos de oro, sino también fragatas de la marina, juncos chinos y lanchas que iban y regresaban. Pero a Jack no le llamaba la atención la vista.

–¡*Cincuenta dólares* sólo para llegar a la ciudad de Sacramento! –dijo–. Tendremos que ir a pie.

–Sin duda sería un buen ejercicio, pero no tenemos tiempo. Praiseworthy contempló las colinas distantes al otro lado de la bahía. La ciudad de Sacramento estaba a más de cien millas de distancia río arriba, y las minas en las estribaciones de las colinas un poco más lejos.

–Veamos. Nos tardó cinco meses para llegar tan lejos y nos tardará otros cinco meses regresar a casa. Nos quedan dos meses, si queremos evitar que su tía Arabella se vea forzada a venderlo todo. Dos meses para llenar nuestros bolsillos con pepitas de oro.

Jack se encontró paseándose de un lado a otro, como el minero del vestíbulo del hotel.

–¡Perdición! –dijo Jack–. Hemos llegado tan lejos y ahora resulta que no estamos más cerca.

–Tonterías –dijo Praiseworthy. –Había una jarra medio llena de agua sobre la cómoda y vertió una pequeña cantidad en la palangana–. Le prometo que mañana nos embarcaremos. Ahora, sugiero que nos lavemos lo mejor que podamos, señorito Jack.

<<¡Lavarse!>>, pensó Jack. <<¡No había tiempo para lavarse!>>

–¿Cómo pagaremos el pasaje?

–Veamos. Tenemos treinta y ocho dólares. Para comenzar, no está mal, ¿verdad? Por supuesto, tenemos que pagar habitación y las comidas. Pero si detecto algo en el aire, es una buena oportunidad. Cuánto más rápido se lave, señorito Jack, más rápido podremos ocuparnos de nuestro dilema financiero. Su tía Arabella no le permitiría salir a la calle con las orejas sucias y salitre en las cejas. Y no olvide el jabón.

–Perdición –murmuró Jack nuevamente. Era igual que estar en su casa de Boston.

Se lavaron y se cambiaron de ropa y Praiseworthy recogió las camisas blancas de lino. Necesitaban ser almidonadas y planchadas. Praiseworthy había visto el anuncio de una lavandería a unas pocas puertas de distancia del hotel. <<No sería correcto que el señorito Jack se convirtiera en un andrajoso>> se dijo a sí mismo. <<Por supuesto que no. La señorita Arabella no me lo perdonaría nunca>>.

Cuando regresaron al vestíbulo, el minero desgreñado estaba todavía allí, paseándose y murmurando. Observó a Jack con una mirada oscura y súbita, y después el mayordomo y el muchacho salieron a la calle.

Pero en cuanto comenzaron a caminar por el paseo de madera, Jack se dio cuenta de que el minero los estaba siguiendo. O así le pareció por un momento. Praiseworthy entró en la lavandería, un simple marco de madera cubierto de lona, y depositó las camisas sobre el mostrador.

–¿Cuándo estarán listas, señor? –preguntó el mayordomo.

–Servicio muy rápido –respondió el lavandero. –Su trenza se movió cuando se inclinó para saludar.

–¿Para cuándo?

–Tres meses. A menos que haya un tifón.

–¡Tres meses! ¡Tifón! <<El hombre estaba loco>>, pensó Praiseworthy. <<¡O quizás la ciudad entera!>>

–Tenemos que irnos mañana en el barco de las cuatro de la tarde.

–No es posible –dijo el chino, inclinándose para saludar y deslizando sus manos dentro de las anchas mangas. Enviamos la ropa a China para lavar. Vuelve después de tres, cuatro meses, toda lavada, almidonada y planchada. A menos que haya un tifón. Entonces, tarda más. Nadie lava la ropa aquí. Todo es muy caro. Es más barato enviarla a China.

Praiseworthy recogió las camisas y le dirigió a Jack una mirada de humilde derrota.

–Ya que nos hemos arreglado sin bañarnos, me atrevo a decir que nos podemos arreglar sin camisas almidonadas. Vamos.

Apenas habían recorrido media cuadra cuando Jack vio nuevamente al minero del sombrero, detrás de ellos. De repente, el revólver de su cinturón le pareció más grande. Pero Jack no dijo nada. El minero no podía querer nada de ellos. Absolutamente nada.

Todavía continuaba detrás de ellos cuando el mayordomo y el muchacho cruzaron la calle. Ahora Jack comenzaba a sentirse preocupado. Incluso un poco asustado. Finalmente, miró a Praiseworthy.

–Nos está siguiendo.

–¿Quién nos está siguiendo? –preguntó el mayordomo.

–Ese minero del hotel.

–Necedades y tonterías. Las calles son libres para todos.

–Pero nos está siguiendo, Praiseworthy.

–No hay nada que temer a plena luz del día, señorito Jack.

Continuaron caminando a lo largo de la plaza, buscando una oportunidad, con el minero pisándole los talones.

–Debe ser otro loco –dijo Praiseworthy, dándose vuelta. Se detuvo y el minero también, y se encontraron cara a cara.

–Señor –dijo el mayordomo–. ¿Nos está usted siguiendo?

–¡Perdición! ¡Seguro que sí!

–¡Le agradecería que siguiera su camino, señor!

–No ha sido mi intención ofenderlos –dijo el minero–. He estado a punto de intervenir en su conversación pero no me pareció correcto. Era difícil distinguir su boca a causa de la crecida barba. Me llaman Jackson Cuarzo y acabo de llegar de las excavaciones. Mi novia está por llegar en cualquier momento. Viene de Monterey. Nunca nos hemos visto pero nos hemos escrito muchas cartas. Y eso es todo.

–¿Y qué es todo? –preguntó Praiseworthy.

–Se supone que nos vamos a casar. Pero, perdición, cuando

me vea va a creer que soy medio oso. –Se quitó el sombrero y su polvoriento cabello cayó hacia todos lados–. Volverá en la misma diligencia a Monterey. Pero, caramba, no soy un hombre tan mal parecido, al menos no lo era cuando fui a las excavaciones. Se podría decir que he avejentado un poco. Bueno, he recorrido todas las calles de la ciudad buscando un barbero, pero todos se han marchado a las minas. Parece que no ha quedado nadie excepto los Juan Baratos.

–¿Juan Baratos? –preguntó Praiseworthy.

–Los subastadores. De todas maneras, ésa es la razón por la cual no he podido dejar de mirar al muchacho.

–¿A mí? –preguntó Jack.

–Ese cabello rubio tuyo parece recientemente cortado por un barbero. Supuse que habías encontrado un barbero y quizás me harías el favor de llevarme hasta él.

Si por un momento Jack se había atemorizado del minero, no podía menos que sonreír ahora.

–No señor –dijo–. No he ido al barbero. A menos que usted se refiera a Praiseworthy.

–¿Praiseworthy?

–A su servicio –dijo el mayordomo–. Es verdad, le he cortado el cabello al señorito Jack, pero sólo por necesidad.

El rostro del minero, lo que podía verse de él, reflejó una amplia sonrisa.

–Le estaría muy agradecido si me corta el cabello, señor Praiseworthy. Diga el precio.

–Pero yo no soy un barbero, señor. Soy un mayordomo.

–¿Un qué?

–No podría aceptar dinero sólo por...

–Bueno, eso es muy gentil de su parte. Le diré lo que voy a hacer. Le dejaré que se quede con todo el cabello que me corte.

Praiseworthy y Jack intercambiaron una mirada. El hombre, después de todo, era un lunático. ¿Qué podrían hacer ellos con los mechones cortados del hombre? Pero parecería prudente no enojarlo, y Praiseworthy dijo:

–Con mucho gusto lo ayudaré a salir de este apuro, señor. Considere que es un modesto regalo de bodas.

Veinte minutos más tarde el minero estaba sentado sobre un barril de clavos en un rincón del portal del hotel, mientras Praiseworthy cortaba con las tijeras. Jackson Cuarzo insistió en que cada mechón que caía se recogiera. Jack estaba ocupado sosteniendo una palangana bajo las tijeras de Praiseworthy. Le preocupaba que estaban perdiendo el tiempo y todavía tenían que obtener el dinero para el pasaje. Pero sabía que hubiera sido imposible para Praiseworthy darle la espalda a un caballero en apuros, aun a un minero tan peculiar como Jackson Cuarzo.

–¡Oh, cómo ha crecido la ciudad! –dijo el minero–. Debe haber cuatro o cinco mil personas. ¿Piensan ustedes ir a las excavaciones?

–Seguro que sí –dijo Praiseworthy.

–Yo vengo de Lugar del Colgado. Los hombres han encontrado bastante color allí.

–¿Color?

–La cosa amarilla. Oro. Si van a Lugar del Colgado díganles que son amigos de Jackson Cuarzo. Díganles que volveré dentro de dos semanas con mi esposa. Es muy amable de su parte el cortarme el cabello. ¿Le importaría cortarme la barba también? Me pica, y apenas puedo encontrarme la boca para poder escupir. Jack, joven Jack, un poquito de la patilla se está volando. No quisiera que perdiera ni un pelo.

–Sí, señor –dijo Jack, atrapando el mechón.

La cara de Jackson Cuarzo comenzó a aparecer, poco a poco, como una estatua cincelada en piedra. Cuando Praiseworthy terminó, el minero se miró en el cristal de la ventana del hotel, y casi salió de sus botas del salto.

–¡Por la gran cuchara de cuerno! –dijo–. ¿Soy yo ése? –Jackson Cuarzo estaba obviamente complacido–. ¡Caramba, me había olvidado que era tan joven!

Jack pensó que Jackson Cuarzo era un hombre bien parecido. Tenía una buena dentadura y una sonrisa natural. Excepto por su revólver, su cuchara de cuerno y su camisa de franela roja, no parecía ser la misma persona. ¿Pero qué esperaba él que hicieran con el cabello cortado? ¿Rellenar un colchón?

–Su novia estará muy complacida –sonrió Praiseworthy–. Nuestras felicitaciones por su próxima boda, señor.

–Muchas gracias, Praiseworthy. Usted me salvó de una perdición segura. Lo menos que puedo hacer es enseñarle cómo trabajar la palangana para el oro. ¡Muchacho, aguador! ¡Tú, tráenos un balde de agua!

El minero pagó por el agua con una pizca de polvo fino de oro de su bolsa de gamuza. Jack estaba ansioso por aprender minería y Jackson Cuarzo, aunque peculiar, era un experto.

–Déme la palangana, joven Jack.

Jack le alcanzó el recipiente de estaño, lleno de pelos de la barba y del cabello de Cuarzo. El minero los mojó con agua fresca y comenzó a girar la palangana.

–El oro es pesado –explicó–. No hay nada más pesado. El polvo amarillo se queda en el fondo si sigue moviendo la palangana. Así.

Después, se la dio a Jack y le enseñó el movimiento. El agua se coloreó marrón por la tierra y el barro que se habían juntado en los pelos de la barba y en los cabellos de Cuarzo. Finalmente, volcó todo, todo menos un residuo delgado en el fondo del recipiente. Los ojos de Jack se abrieron como capullos.

–¡Polvo de oro!

–¡Pero, miren esto! –el minero rugió de risa–. El muchacho ha logrado un poco de color. Pienso que había suficiente en mi barba como para obtener catorce dólares la onza. Como les di los pelos de la barba y todo, ¡el oro es suyo!

Jack nunca había tenido un momento más excitante en su vida. Los granos de polvo destellaban como fuego amarillo e incluso había una escama o dos.

Media hora más tarde, mientras Jackson Cuarzo estaba tomando un baño de diez dólares, Praiseworthy y Jack no desperdiciaban la oportunidad. Habían puesto un anuncio que decía:

CORTE
DE PELO

Mineros solamente

9

El hombre con el
sombrero de jipijapa

Transcurrió casi una semana antes de que Praiseworthy y Jack llegaran a las excavaciones. Habían tomado el barco de las cuatro de la tarde al final del muelle largo. El doctor Buckbee había ido a despedirles, pero él se quedaba en San Francisco.

—Voy a esperar a Higgins Ojo-Cortado —dijo—. Es posible que aparezca con mi mapa. ¡Voy a esperar cada barco que llegue hasta que encuentre a ese bribón!

Aquella noche en su camarote, Jack lustró su cuchara de cuerno. Praiseworthy le había dejado comprarla en el muelle con una pizca de polvo de oro. Finalmente, Jack la puso en su cinturón y se miró al espejo. Lo único que le faltaba era una camisa roja de franela y un sombrero. Al menos, por el momento, tenía que pasar sin la barba.

Miró a Praiseworthy. Se preguntó qué parecería su socio

con patillas y un revólver en el cinturón. Praiseworthy era tan alto como Jackson Cuarzo y tan derecho como un poste. Y ya se podían apreciar pequeñas arrugas en sus ojos. <<Sí, señor>>, pensó Jack, <<Praiseworthy se vería muy elegante>>.

Su aventura como barbero había cubierto muy bien los gastos. Les había quedado polvo de oro y Praiseworthy lo había metido dentro del dedo pequeño de su guante izquierdo, para que estuviera seguro. Había hecho una lista de los campamentos de oro que los mineros habían mencionado y ahora estaba estudiando los nombres.

–Chilli Guchi, Llanuras del Oso, Timbuctú –murmuró–. Suenan como terribles lugares para llevar a un chico.

A Jack le sonaban gloriosos.

–No se preocupe por mí, Praiseworthy.

–Estoy pensando en su tía Arabella. ¿Qué pensaría si usted le escribe desde lugares como Chinche, Whiskey, o Lugar del Colgado? Campo de Ángeles, esto sí le gustaría. Pero dicen que es un lugar de temer. Veamos. Está Escabroso, Te lo Apuesto, Fin del Mundo. Sin mencionar, Látigo de Cuero, Campo de Trueno y Cuello Cortado. ¿Cuál va a ser, señorito Jack? Un lugar suena tan sangriento como el otro.

–Lugar del Colgado –dijo Jack.

–Pues Lugar del Colgado –dijo Praiseworthy

A la mañana siguiente Jack vio indios por primera vez en su vida. Se habían acercado a la orilla del río para ver el abarrotado barco y escuchar el tañido de su campana. Jack los miraba fascinado. ¡Qué asustadas estarían sus hermanas Constance y Sarah! Pero esa noche, cuando el barco de fondo plano encalló en un banco de arena, Jack se sintió un poco intranquilo. ¡Y si los indios subían a bordo mientras los pasajeros dormían y se llevaban unos cuantos cueros cabelludos!

–Tonterías –sonrió Praiseworthy, mientras se afeitaba frente al espejo de la cabina–. El camarero me ha dicho que son indios excavadores. Bastante mansos. Buscan raíces y bellotas y no son una amenaza para nadie, excepto para las avispas y saltamontes, a los que consideran un manjar.

Toparon con varios bancos de arena, y pasaron dos días antes de que pudieran ver Sacramento. Un cañón costero disparó, levantando una nube de polvo, para anunciar la llegada del barco. Los habitantes de la ciudad se dirigieron en tropel hacia el río. Praiseworthy y Jack se hicieron paso entre la multitud con sus picos y sus palas, las palanganas y los bultos de viaje.

Era a finales de junio y el valle ondulaba bajo el intenso calor. A lo largo de las fachadas de las tiendas se extendían marquesinas que parecían pestañas. Mientras caminaban, Jack contemplaba las montañas, la gran Sierra Nevada. Se elevaban oscuras, azules y púrpuras contra el cálido cielo de la mañana. Jack pensó que allí era donde el oro debía estar, y lo invadió una nueva esperanza. Estaban casi allí. ¿Sería posible?

La diligencia partía para las minas a las dos en punto. Para poder pagar el pasaje, el mayordomo y el muchacho no tuvieron más remedio que vender un pico y una pala. Las herramientas de minería tenían una gran demanda y los precios eran sorprendentes. El pico y la pala se vendieron por cien dólares cada uno.

Después de pagar los pasajes, Praiseworthy vertió el polvo de oro restante en las puntas de los cinco dedos de su guante izquierdo. Le costó trabajo meter la mano pero finalmente lo logró. Sentía la mano izquierda tan pesada como un yunque. El polvo de oro era su garantía y no tenía la intención de dejárselo arrebatar por ningún listo durante el trayecto.

–Deberíamos portar un revólver, Praiseworthy. Uno de cuatro tiros.

–No tenemos tiempo para eso ahora, señorito Jack.

Fueron los últimos pasajeros en subir a la diligencia. Apenas se habían sentado, cuando el cochero, un hombre patizambo, vestido con pieles de ante, hizo sonar el látigo. Los caballos arrancaron camino a las excavaciones.

Jack iba apiñado entre Praiseworthy y un hombre de cara rojiza que usaba corbatín estrecho, y según informara él mismo, era dueño de una funeraria. Mi nombre es Fletcher, caballeros, Jonas T. Fletcher, de Lugar del Colgado. Quiero decirles que en mi línea de trabajo, el negocio es muy próspero en las minas. Me complace conocerles, sí señor, tanto social como profesionalmente, según sea el caso.

En el asiento opuesto se sentaban dos franceses con botas nuevas y camisas a cuadros que todavía conservaban los dobleces. Entre ellos, y enfrente de Jack, de tal modo que sus rodillas casi se tocaban, había un hombre con un traje de lino polvoriento y un sombrero que le caía sobre los ojos. Había estado durmiendo así desde el momento que Praiseworthy y Jack entraron en la diligencia.

–No entiendo como nadie puede dormir en este trayecto –se rió Jonas T. Fletcher–. Quizás esté muerto. ¿No es bonito ese sombrero de jipijapa que lleva? Debe haberlo comprado en Panamá. Yo vengo de las praderas. De Missouri.

Jonas T. Fletcher continuó hablando. Los caballos levantaban nubes de polvo rojo y Jack trataba de observar el paisaje lo mejor que podía. Pasaron varias carretas, tiradas por bueyes, con provisiones para las minas, y filas de mulas de carga.

El hombre del sombrero fino de jipijapa seguía durmiendo. En su dedo brillaba un anillo de rubí grande. Con los saltos de la diligencia, se le abrió el abrigo y Jack pudo ver la culata de una pistola de duelo en su cinturón.

Pasó casi una hora antes de que se despertara. Su mano descansaba sobre la pistola y se quitó el sombrero de la cara. Miró directamente a los ojos de Jack, con una sonrisa casi imperceptible, como si no hubiera estado dormido. Jack casi saltó de su asiento.

Era el señor Higgins Ojo-Cortado.

10

El que la hace, la paga

Praiseworthy mantuvo la calma. Ni siquiera levantó una ceja. Pero le dio a Jack un suave codazo en las costillas, como diciendo: Tranquilo, señorito Jack, tranquilo. Déjeme este bribón a mí.

–Qué pequeño es el mundo, ¿verdad? –sonrió Higgins Ojo-Cortado. –Su mano descansaba, como una advertencia silenciosa, sobre la culata de su pistola.

–No me había dado cuenta hasta hoy –dijo Praiseworthy–. Si no lo tuviera delante de mí, juraría que estaba en Río.

El ojo cortado del villano no paraba de moverse.

–Río era demasiado caluroso para mí, de manera que me fui a Panamá. Crucé el istmo en bongo y a lomo de mula; mucha gente llega así al Pacífico. Y parece que incluso llegué antes que ustedes a California.

–Me atrevo a decir que tiene un buen mapa para guiarse.

El hombre del sombrero de jipijapa mostró sus amarillentos dientes al reírse.

–¿Un mapa? ¿A qué mapa se refiere?

Praiseworthy lo miró con los ojos casi cerrados.

–Le traigo saludos del buen doctor Buckbee.

–Vaya, que amable de su parte.

La diligencia avanzaba a toda velocidad a través del valle y los franceses sacudían los pañuelos frente a sus narices para mantener alejado el polvo. Jonas T. Fletcher escupía jugo de tabaco por la ventanilla como si la tierra estuviera ardiendo.

La mano de Jack cayó sobre la cuchara de cuerno de su cinturón, haciéndose la idea de que era un revólver. Eso haría que el señor Higgins Ojo-Cortado se irguiera en su asiento y prestara atención. Sería mejor persuadirlo de que le devolviera el mapa del doctor Buckbee. La pistola de duelo en su cinturón no era rival para un cuatro-tiros.

Pero Praiseworthy no parecía preocupado por la falta de armas de fuego.

–¿Conoce al señor Fletcher? –preguntó, tirando de su guante izquierdo–. Nos ha dicho que tiene un negocio de funeraria. Un hombre de su profesión, nunca sabe cuando puede necesitar los servicios de un buen sepulturero.

–No escuché bien su nombre –dijo el hombre de Missouri.

–Higgins –sonrió Ojo-Cortado–. Doctor Higgins. Dentista.

–Muy bien –dijo el dueño de la funeraria–. Los muchachos estarán contentos de tener un buen sacamuelas en el campamento.

Praiseworthy guiñó un ojo a Jack. El impostor aparentemente había dejado de ser juez y ahora era dentista. Especializado en extraer oro, sin lugar a duda.

–Y ahora, señores, si me perdonan –dijo el mayordomo–, creo que dormiré una siesta.

<<¡Dormir!>> pensó Jack. <<¿Cómo alguien podría dormir con el señor Ojo-Cortado sentado ahí?>> Pero antes de que la diligencia hubiera recorrido otro cuarto de milla, Praiseworthy ya estaba profundamente dormido. Jack contemplaba desde su asiento al villano, sus rodillas casi tocándose, y el hombre del sombrero de jipijapa lo miraba a él a su vez.

Al final de la tarde habían llegado a las colinas y la diligencia se detuvo en una estación de relevo para cambiar los caballos. Con las montañas elevándose a sus espaldas, Praiseworthy y Jack se dirigieron al pozo para refrescarse con agua. Los cuatro caballos estaban siendo reemplazados por otros seis para la empinada subida que los esperaba más adelante.

–¿Piensa que tiene el mapa del doctor Buckbee? –preguntó Jack en un susurro.

–Sin duda –dijo Praiseworthy–. Apuesto a que no quita la mano de la pistola ni cuando duerme.

–Necesitaremos una escopeta para quitarle el mapa. Un cuatro-tiros por lo menos.

–Ya que no tenemos ni una cosa ni la otra –dijo el mayordomo– tendremos que usar nuestro ingenio, señorito Jack. No voy a permitir que el doctor Buckbee se quede sin su mapa.

Pronto se pusieron en marcha nuevamente. El estrecho camino se empinó bruscamente. En lugar de robles ahora se divisaban oscuros pinos. El sol se ocultaba en el valle como si los abandonara, y el látigo del cochero sonaba en el aire como disparos de un rifle.

Dentro de la diligencia, los pasajeros se sentaban, rodilla contra rodilla, como antes, sujetándose para evitar caerse con los traqueteos y baches del camino.

Finalmente, la diligencia dobló una curva y el camino se elevó como una escalera.

–Todo el mundo afuera –ordenó el conductor–. A empujar, señores.

Higgins Ojo-Cortado no apartó la mano de la pistola ni por un momento. Empujó con una mano. Lentamente, la diligencia, cargada hasta el techo con equipajes y provisiones, subió la cuesta.

El cochero arreaba los caballos con el látigo.

–¡Adelante, señores! ¡Estamos avanzando!

Jack apoyó el hombro contra la diligencia, como los demás, y hundió sus zapatos en la tierra. A medio camino le pareció que el cochero debía tener seis látigos, por todo el ruido que hacía.

Súbitamente, estalló una ventanilla y después otra, y Jack supo entonces que no se trataba solamente del chasquido del látigo en el aire.

–¡Disparos!

–¡Asaltantes de caminos! –gritó el cochero, deteniendo la diligencia y tomando su rifle. ¡Es un atraco!

Praiseworthy empujó a Jack debajo de la diligencia. Jonas T. Fletcher ya estaba allí. Jack vio, a través de las ruedas, una docena de jinetes con pañuelos rojos sobre sus rostros, que disparaban desde los pinos. Higgins Ojo-Cortado extrajo su pistola y disparó, pero erró. No tuvo oportunidad de volver a cargar. Los asaltantes los tenían rodeados, con sus revólveres y rifles brillando en el crepúsculo.

El líder, un hombre corpulento, con agujeros en las botas, ordenó al cochero:

–Deje caer su rifle. El resto de ustedes levanten las manos hacia el cielo, o muy pronto los mandaré allá.

Jack tragó con dificultad y salió de su escondite. Praiseworthy le dirigió una mirada de aliento. Higgins Ojo-Cortado rezongó pero sus brazos se elevaron como los otros.

–Lamento interrumpir su viaje –dijo el líder–. Los detendremos sólo por un momento. Muchachos, salten. Dos de los forajidos treparon al techo de la diligencia y tiraron al suelo los baúles, las cajas y las maletas. Otros rompieron las cerraduras buscando objetos de valor.

Mientras tanto, otro par de asaltantes registraron rápidamente a los pasajeros. Les arrancaron los relojes y cadenas de los chalecos, y las bolsas llenas de oro de los bolsillos y cinturones. Jack trató de no mirar en dirección a los guantes blancos de Praiseworthy. Los forajidos nunca pensarían en buscar *allí*. ¿Verdad?

–Muy bien, señores –dijo uno de los de la banda, a través del pañuelo que cubría su boca–. Ahora, bajen las manos, uno por uno, y entreguen los anillos.

Comenzó con los franceses y llegó hasta Higgins Ojo-Cortado. Él usaba un anillo de oro con un rubí, como una gota de sangre. <<Sin duda robado>>, pensó Jack. El ladrón estaba recibiendo su merecido pero no era gran consuelo.

–Llevo este anillo desde chico –dijo Higgins Ojo-Cortado–. No sale.

–En ese caso –se rió el líder–, tendremos que cortarle el dedo.

Higgins Ojo-Cortado se sacó el anillo en un instante, y los forajidos se rieron a carcajadas.

–No tengo anillo –dijo Jack.

–Ya lo veo, chico. –El asaltante se acercó a Praiseworthy–. Pero, miren, aquí tenemos un verdadero caballero con guantes y todo.

–No un caballero –corrigió Praiseworthy–. Simplemente un mayordomo.

–¿Qué es eso? Nunca escuché hablar de un mayordomo.

El corazón de Jack comenzó a latir rápidamente. Praiseworthy se sacó el guante de la mano derecha. Pronto quedaría expuesto el polvo de oro, su única seguridad. Pero Praiseworthy no parecía nada preocupado.

–¿Qué pasa con la otra mano? –gruñó el forajido.

–Enseguida –dijo Praiseworthy. –Se sacó cada uno de los dedos del guante lentamente, sin darle importancia, y levantó su mano desnuda. El polvo de oro permaneció en los dedos del guante–. Como puede ver, no tengo anillos.

El forajido siguió adelante. Praiseworthy le hizo una seña a Jack y con mucha calma se puso nuevamente los guantes.

Pero otro hombre corpulento estaba vaciando la maleta de Praiseworthy sobre el suelo: camisas, gemelos, cepillo del cabello.

–Pero, miren esto –se rió el rufián–. Un retrato. ¿No es una verdadera belleza?

Jack reconoció inmediatamente la fotografía. ¡Era su tía Arabella! ¡Él no sabía que Praiseworthy tenía el retrato durante todo este tiempo! Cuando levantó la vista, Praiseworthy estaba rojo de ira.

–Le agradecería que vuelva a colocar el retrato en mi maleta –advirtió, estampando cada palabra en acero frío.

–¡No me diga! Me sentiré muy orgulloso de poseer un retrato como éste. Creo que me lo llevaré.

El resto sucedió tan rápido, que Jack se perdió la mitad. Praiseworthy, en su furia, atacó como la descarga de un relámpago. Asiendo al rufián por la camisa, levantó la mano izquierda y le asestó un puñetazo en la cara del hombre, cubierta por el pañuelo rojo. El forajido se desplomó hacia atrás como si hubiera recibido el impacto de un garrote. Y quedó tendido allí.

–Miren eso –dijo con admiración el dueño de la funeraria–. ¡Derribó de un golpe a ese hombrote y lo lanzó quince pies cuesta arriba!

Si sus compañeros no abrieron fuego fue porque estaban sorprendidos por el tremendo gancho izquierdo del mayordomo. Parecían árboles inmóviles en el suelo que pisaban. Y entonces el líder pareció sonreír tras su pañuelo.

–Me sacaría el sombrero ante usted –dijo–, pero no es apropiado para un hombre como yo. Eso fue algo digno de verse. Muchachos, levanten a nuestro compañero, pónganlo sobre la montura y vámonos.

Jack miró a Praiseworthy con una renovada admiración. El mayordomo nunca había dejado traslucir que era tan hábil con sus puños. La verdad era que Praiseworthy había quedado tan sorprendido como los demás al ver volar aquel bruto. Y luego recordó el polvo de oro pesado contenido en las puntas de los dedos del guante. Era exactamente tan pesado como plomo. ¡Con sus dedos cerrados alrededor del mismo, su puño había pegado como la patada de una mula!

Recogió el retrato de tía Arabella y le sacudió el polvo. A Jack le pareció curioso que Praiseworthy hubiera traído el retrato consigo. Lo hacía sentirse extrañamente más cercano a él que nunca.

–Una cosa más –dijo el líder de la banda– : Todos ustedes, señores, sáquense sus chaquetas y déjenlas caer en una pila.

Los rifles se elevaron nuevamente y nadie protestó. Jonas T.

Fletcher se quitó su levita. Higgins Ojo-Cortado dejó caer su polvorienta chaqueta de lino. Praiseworthy agregó, con pesar, su fino abrigo negro al montón. Lo echaría de menos.

–Todavía no he conocido un inmigrante –dijo el líder–, que no llevara piezas de oro cosidas al forro de su chaqueta. No las necesitarán con este calor, señores, de modo que nos las llevaremos.

Un instante más tarde los asaltantes espoleaban sus caballos y se llevaban su botín de relojes, anillos, bolsas de oro y chaquetas.

Praiseworthy, que no estaba acostumbrado a estar en mangas de camisa, permaneció de pie, en medio del polvo, como un leopardo que súbitamente se había quedado sin sus manchas.

–Esperen a que los muchachos oigan esto –dijo el sepulturero–. *¡Quince pies cuesta arriba!*

Praiseworthy se adelantó y se detuvo delante de Higgins Ojo-Cortado.

–Le agradeceré que me entregue el mapa del doctor Buckbee.

El desalentado villano empuñó su pistola de duelo y Jack se quedó inmóvil. ¡Estaba tratando Praiseworthy de que lo mataran!

–No pierda tiempo en sacar su revólver –dijo el mayordomo–. Tuve cuidado de observar que nunca lo volvió a cargar. El mapa, señor, el mapa.

El otro hombre lo miró a través de su ojo cortado y comenzó a reírse, pero a Jack le sonaba más como un gruñido que una risa.

–Ha llegado un poco tarde –dijo Higgins Ojo-Cortado.

–¿Tarde?

–El mapa estaba cosido en el forro de mi abrigo.

11

Jack Jamoka

La diligencia escalaba como si fuera una cabra montés. Daba sacudidas. Se detenía, brincaba, saltaba y se afianzaba al terreno. Había tramos que pasaba peligrosamente al borde del camino. A Jack, los pinos que crecían en el precipicio le parecían como afiladas lanzas verdes en espera para atravesarlos si resbalaban. Sólo miraba de vez en cuando.

<<Ya casi están en las excavaciones>>, se decía a sí mismo. Se lo había estado repitiendo por varios días. Finalmente, la diligencia llegó, trayendo consigo una nube de polvo del verano desde Sacramento.

–¡Lugar del Colgado, señores! –proclamó el cochero con un chasquido final de su látigo–. Parece muy tranquilo hoy. No se ve a nadie suspendido de una rama con las botas lejos del suelo.

Un perro los recibió al final de la calle y les ladró todo el camino hasta el hotel Empire. Los pasajeros descendieron. Jack tenía los ojos, las orejas y el cuello llenos de polvo del camino. Ahora que habían llegado, la fiebre de oro se había apoderado de él de tal manera que no veía cómo iba a poder esperar otros cinco minutos para hundir la pala en el suelo.

¡Lugar del Colgado!

Por dondequiera había hombres con botas altas y camisas de colores. No se veía ninguna mujer. Los mineros iban y venían, o estaban de pie conversando o sentados tallando madera. Varios vagones azules de carga estaban siendo descargados, y varias mulas con los ojos vendados estaban siendo cargadas. Las chozas, que servían de tiendas, a ambos lados de la calle, estaban construidas sobre cortos pilares de madera, y daba la impresión de que recientemente habían llegado y tomado su puesto en el pueblo.

Jack se echó la pala al hombro y Praiseworthy el pico. El cochero, sobre el techo de la diligencia, estaba arrojando al suelo varios baúles y equipaje de mano.

–¿Cuál es el mejor hotel del pueblo? –preguntó Praiseworthy.

–El Empire –respondió el cochero.

–¿Cuál es el peor? –preguntó Higgins Ojo-Cortado.

–El Empire.

Praiseworthy le dirigió una mirada a Jack.

–A menos que me equivoque, sólo hay un hotel en el pueblo: El Empire.

Pasó exactamente una hora y cinco minutos antes de que Jack viera las excavaciones. Primero, Praiseworthy los registró en el hotel. Se lavaron. Inmediatamente, Praiseworthy escribió una carta al doctor Buckbee, informándole que Higgins Ojo-Cortado estaba en Lugar del Colgado, pero que el mapa había caído en poder de una banda de asaltantes de caminos.

–¿Podemos irnos ya? –preguntó Jack impacientemente. Había lustrado tanto su cuchara de cuerno que podía ver su nariz reflejada en ella.

–¿Ir a dónde?

–A las excavaciones.

—Oh, las excavaciones continuarán allí después del almuerzo, señorito Jack.

La paciencia de Praiseworthy era asombrosa, y exasperante. Habían viajado más de 15.000 millas y ahora tenían que parar para comer. A Jack le daba igual si no comían durante una semana entera. Ni aun un mes. Se preguntó si alguna vez llegaría a ser tan despreocupado como Praiseworthy.

Pero una vez que se sentaron en el restaurante del hotel, Jack descubrió que estaba muy hambriento y ordenó un filete de oso. El único otro plato en el menú era tripas con frijoles, y Jack pensó que uno tendría que estar muerto de hambre antes de ordenar eso.

—¿Quieren pan con la comida? —preguntó el mozo. —Era un hombre corpulento con botas altas.

—¿Por qué no? —respondió Praiseworthy.

—Es un dólar la rebanada.

El mayordomo arqueó lentamente una ceja.

—Dos dólares, con mantequilla.

Praiseworthy miró a Jack y sonrió.

—No importa el precio, señor. Estamos celebrando nuestra llegada. ¡Pan y mantequilla, por favor!

El filete de oso era grasiento y duro, pero era algo que contar en la próxima carta que escribiera a su casa. Jack hizo un esfuerzo por tragarlo. Cuando salieron del restaurante, Praiseworthy compró un par de bolsas de gamuza en el almacén general, y vació el polvo de oro de su guante. El dedo índice estaba comenzando a agujerearse. A Jack le gustó el aroma a cuero nuevo de la bolsa. La puso en su cinturón, al lado de la cuchara de cuerno, y comenzó a sentirse como un minero. Después, con las palanganas bajo el brazo, y el pico y la pala al hombro, partieron hacia las excavaciones.

El día era caluroso y sudoroso. Cuando llegaron a la corriente de agua vieron a los mineros por todas partes inclinados junto a la orilla. Estaban lavando oro en toda clase de recipientes, desde cuencos de madera hasta sartenes.

–¿Alguien está excavando aquí? –preguntó Praiseworthy cuando llegaron a un espacio vacío.

–Seguro que sí –llegó la respuesta–. Esa concesión minera es propiedad de John Búfalo.

El mayordomo y el muchacho siguieron corriente arriba. Aquí y allá los mineros paleaban tierra dentro de unas canaletas largas de madera colocadas en el agua, con el fin de recoger las escamas de oro.

–¿Alguien está excavando aquí?

–Sí –vino la respuesta–. Es propiedad de Jimmie-el-del-pueblo.

Continuaron buscando un lugar donde excavar. Pasaron por delante de mineros con camisas azules, rojas y a cuadros y algunos sin camisas. Los picos caían sobre la tierra y las palas volaban. Las tiendas de campaña estaban amontonadas a lo largo de las laderas de las montañas y el aroma del café hirviente se percibía en el aire.

Después de haber andado una milla y media, Jack comenzó a pensar que nunca encontrarían un palmo de tierra que no estuviera ya tomado.

Repentinamente, el estallido de una pistola estremeció el aire de la montaña. La palangana de Praiseworthy sonó como una campana, saltó de su brazo y cayó retumbando.

–¡Eh! ¡Ustedes! –resonó una voz desde atrás.

Praiseworthy se dio vuelta. Sus ojos se estrecharon lentamente.

–¿Me está hablando a mí, señor?

–Hablando y disparando. ¿Qué está haciendo con mi palangana bajo el brazo?

Jack miró al hombre. Tenía una barba crecida, enmarañada y sus orejas se doblaban bajo el peso de su sombrero gacho.

–Perdóneme, pero usted debe estar equivocado –respondió Praiseworthy–. Hasta este momento había tenido la suerte de no haber fijado mi vista ni en usted *ni* en su palangana.

–No somos hospitalarios con los ladrones por estos lugares –gruñó el minero, avanzando unos pasos–. Aquí, cuando un hombre roba le cortamos las orejas. Esa es la ley de los mineros.

–¿Tienen ustedes alguna ley que prohíba disparar a los forasteros?

–No.

Jack no podía imaginarse a Praiseworthy con las orejas cortadas. Al acercarse el minero sujetó fuertemente el mango de la pala. Su corazón latió un poco más fuerte y esperó alguna señal de Praiseworthy.

El minero enfundó su pistola y tomó la palangana para examinarla detenidamente.

–Por supuesto que es mía.

–Usted es corto de vista o un bribón –dijo Praiseworthy.

Jack estaba listo a pelear, si no por sus vidas, al menos por las orejas de Praiseworthy. Justo en ese preciso momento, un destello de estaño en la luz del sol atrajo la atención de Jack. Dejó caer la pala y se dirigió hacia allí.

–¿Es ésta su palangana? –preguntó Jack.

Las cejas tupidas del minero se elevaron súbitamente, como pájaros levantando vuelo.

–Lo es, sin duda, –y comenzó a reírse como si se tratara de una broma–. Me olvidaría hasta de las botas si no las llevara puestas.

Praiseworthy contempló al hombre. Aparentemente, disparar contra forasteros, por error, no significaba nada en las excavaciones. El minero rápidamente apartó de su mente el incidente.

–¿Quieren beber una taza de jamoka?

–¿De jamoka? –preguntó Praiseworthy.

–Café. Tengo la cafetera al fuego. ¿De dónde vienen? Me llaman Billy Pino-tea, y me agradaría mucho que ustedes también lo hicieran. ¡Caramba, parece que perforé un agujero en su palangana! Buen tiro, ¿no le parece?

Praiseworthy pasó un dedo a través del agujero. La palangana ya no servía.

–Un disparo perfecto, señor.

–Sin resentimiento –dijo Billy Pino-tea–. Les puedo mostrar más formas de lavar oro que de despellejar un gato. Vamos a tomar café. Le hará crecer el pelo en el pecho al muchacho. ¿Es su hijo?

Jack miró a Praiseworthy.

–¿Mi hijo? –El mayordomo comenzó a explicar, pero el minero no le dejó continuar.

–Mississippi MacFinn tiene a sus dos hijos con él. Escuché que han hecho fortuna en la Colina de la Pobreza. Y también está el chico de Peterman. Él y su papá están probando suerte en las minas de Pequeña Cabeza. ¿Cómo te llamas, muchacho?

–Jack.

–Estás muy limpio para ser un chico. De alguna manera, no

me parece natural. Hasta tus orejas brillan como piezas de oro recién acuñadas.

Jack enrojeció y miró a Praiseworthy. <<No voy a lavarme en una semana>>, pensó. <<O en un mes>>. <<¡O quizás hasta que volvamos a Boston!>>

Había un aire de hospitalidad en el minero que agradaba a Praiseworthy y le perdonó el agujero de su palangana.

–Señor, una taza de café me agradaría mucho.

Billy Pino-tea los condujo a su tienda de campaña, situada en la ladera de la colina. La cafetera hervía a borbotones. Llenó de negro tres latas de estaño. A Jack le pareció tan negro como pintura. Nunca había probado café en su vida. La tía Arabella se pondría furiosa. Miró a Praiseworthy. Éste asintió con la cabeza, como para compensarlo por haberlo obligado a lavarse las orejas en el hotel.

Las latas de estaño estaban tan calientes como si hubieran

sido forjadas recientemente. Jack se sentó sobre una roca para dejar que el brebaje se enfriara. A pesar de que la levita y el bombín de Praiseworthy se habían perdido, él se aferraba al paraguas como a la última insignia de su profesión.

–Conque Mayordomo –reflexionaba Billy Pino-tea. –Bebió el café de un trago–. ¿Es usted pariente de Henry Mayordomo, de las Mulas?

–El apellido es Praiseworthy, no Mayordomo, señor.

El minero entrecerró un ojo.

–¿No diga? Bien, él se llama a sí mismo Mayordomo. Nunca supe que su apellido fuese Praiseworthy. Pero siempre pensé que era un tipo raro. ¿Qué acerca de Moreno Mayordomo del Valle de Poker? ¿Es pariente de ustedes?

¡Parecía imposible aclarar la situación así que Praiseworthy desistió!

–Dígame, señor Pierce.

–Llámeme simplemente Billy Pino-tea.

–¿Cómo se registra una propiedad?

–Muy fácilmente. Encuentren un lote de terreno en el cual no trabaje nadie y hundan cuatro estacas en las esquinas. Pongan latas de estaño sobre ellas para que la gente pueda verlas. O trapos. Y ya tienen su propiedad. Esa es la ley de los mineros. Siempre que la trabajen un día por mes, es de ustedes. –Se rió y acarició su barba–. Por supuesto, que los otros treinta días tienen que disparar contra los intrusos y oportunistas. –Volvió a llenar su lata–. Hay lugares a lo largo del río donde las propiedades tienen sólo cuatro pies cuadrados y los muchachos excavan fortuna hombro con hombro.

Jack finalmente tomó la lata de estaño. El humo era como el aliento de un dragón. Ahora casi lamentaba que Praiseworthy le hubiera dado permiso. Al primer sorbo, el café le quemó la lengua.

–Bébelo, Jack. Jack Jamoka, así te llamaremos. Un hombre

aquí no es aceptado realmente hasta que se haya ganado un sobrenombre.

—Es el mejor café que he tomado —dijo Jack, roncamente.

—Hay mucho más en la cafetera. Muelo unas pocas bellotas para darle sabor.

Jack se sobresaltó interiormente. Jack Jamoka. El nombre le gustaba, pero no estaba seguro de que podía ganárselo. El café picaba y quemaba y tenía sabor a veneno. Se forzó a beber otro trago. Tenía miedo que el minero le retirara el nombre, si no terminaba la lata. Trató de beber otro trago, pero no pudo hacerlo.

Praiseworthy, al ver los apuros de Jack, cambió de posición. La punta de su paraguas empujó el codo de Jack y la lata de estaño saltó. El café se derramó.

—No importa —dijo Billy Pino-tea. —Levantó la cafetera y volvió a llenar la lata de Jack—. Por aquí no le damos mucha importancia a los buenos modales en la mesa.

Jack tragó saliva y miró la poción negra, fresca y humeante, de café. Tenía que volver a empezar. Praiseworthy le dirigió una mirada de compasión. Consideraba su deber cuidar a Jack, pero ahora él mismo había empeorado todo.

—Permítanme mostrarles cómo lavar oro sin agua —dijo Billy Pino-tea—. Muchacho, coge tu cuchara de cuerno, y raspa un poco de tierra de la grieta en esa roca. Es en lugares como ésos que les gusta esconderse a las lentejuelas, si las hay.

Jack se alegró de poner a un lado el café para que se enfriara. Sacó la cuchara de su cinturón y se dirigió entusiasmado hacia la grieta en las rocas.

—Sólo un puñado, muchacho.

Jack raspó, juntando arena del río y trocitos de agujas secas de pino. La cuchara de cuerno funcionaba muy bien. Se metía en las grietas. Llenó la mano extendida del minero y se sentó sobre sus talones para observar.

—Éste es el truco que usan los de Sonora, México —dijo Billy Pino-tea—. Allí el agua debe ser más escasa que el oro. A esto lo llamamos lavado en seco.

Vertió la tierra de una mano a la otra como si fuese un reloj de arena, soplando al mismo tiempo. La arena y las agujas de pino se dispersaban bajo la fuerza de su aliento. Repitió la operación una y otra vez y cada vez el puñado de tierra se reducía más.

—Grano por grano, el oro es ocho veces más pesado que la tierra. Si se sopla correctamente, las lentejuelas caen y el material más liviano sale volando.

Jack se inclinó mas cerca. Finalmente, Billy Pino-tea no tenía nada más para soplar. Abrió la áspera palma de su mano y se rió.

—Muchacho, ya eres rico. ¡Mira!

Sobre su mano había dos cabezas de alfiler de oro bri-

llantes. Pero a Jack le parecieron tan grandes como joyas.

—¡Guárdalos en tu bolsa, muchacho! —dijo Billy Pino-tea—. Despacio, no derrames el café.

—Gracias, señor —sonrió Jack, sacudiendo su nueva bolsita de gamuza—. Pero son suyos.

El minero sonrió.

—Algo tan pequeño lo vuelvo a tirar. Tú y tu papá pueden acampar en mi propiedad.

—Pero, Praiseworthy no es...

—Hay más amarillo debajo de la tierra del que yo pueda sacar. Les estaría muy agradecido si limpian algo de lo que hay. ¿Muchacho, sabes cómo trabajar con la palangana?

—El Sr. Jackson Cuarzo...

—¡Son amigos del viejo Cuarzo! ¿Por qué no me lo dijeron antes? Quédense a cenar. ¡Tendremos tripas con frijoles! ¡No aceptaré que se nieguen! Ahora, mojémonos las botas y les enseñaré cómo trabajar con la palangana. Trae el café.

Jack intercambió una mirada con Praiseworthy.

—Estaremos encantados de aceptar su invitación a cenar —dijo Praiseworthy, ya que Billy Pino-tea no les dejaba otra opción.

Se acercaron a la orilla del río y Jack tomó un sorbo de café. El minero arrancó unas pocas malezas y las echó dentro de la palangana. Jack consiguió tragar otro sorbo de café.

—Alrededor del agua corriente —explicó Billy Pino-tea—, el oro queda atrapado en las raíces y en la hierba. Vertió agua en la palangana y lavó las raíces hasta que quedaron limpias. Agregó más tierra hasta que la palangana estaba más o menos llena. Después comenzó a hacer los mismos movimientos circulares que Jackson Cuarzo les había enseñado.

—Poco a poco eliminas las piedras y lo "blandengue".

—¿Blandengue? —preguntó Jack.

—El lodo sin el oro. Mantén la palangana girando hasta que las lentejuelas toquen fondo. Saca las rocas. ¿Ves cómo lo "blandengue" se derrama por el borde de la palangana? Se necesita práctica, muchacho. Al principio, perderás más color por el borde que lo que consigues en el fondo, pero acabarás aprendiendo. ¿Pero no tomas el café, muchacho? Mira esto. Te has hecho rico nuevamente. Pásame tu bolsa.

Jack tomó dos buches de café. Después se quitó los zapatos, se arremangó los pantalones, y se puso a trabajar con la palangana. El agua de la montaña estaba helada, pero casi no lo notó al principio. Arrancó hierbas y raíces. Cinco minutos más tarde ya no sentía los pies.

–Estás parado sobre la nieve derretida de los altos picos –se rió Billy Pino-tea–. Lava suficiente color y podrás comprarte unas botas. –Después le dijo a Praiseworthy–. Usted tampoco está adecuadamente vestido para buscar oro. Necesitarán una tienda de campaña y un canario de montaña.

–¿Un canario de montaña?

–Una mula o un burro. Ahí va uno rebuznando. A que tiene buena voz, ¿verdad? ¿Para qué es ese paraguas?

–Es una costumbre.

–Bueno, no va a llover aquí por un rato. Pero viendo cómo perforé su palangana, no veo ninguna razón por la cual el paraguas no funcione también. Déjeme mostrarle.

–Pero...

–Si no le importa, señor –dijo Praiseworthy–. Sucede que aprecio mucho ese...

–Sí, señor – se decía a sí mismo el minero–. Esto debe funcionar bien, muy bien.

Después comenzó a palear tierra dentro del paraguas abierto.

Praiseworthy lo observaba con una especie de horror mudo. Había llevado ese paraguas por años y ahora, delante de sus ojos, estaba siendo arruinado.

–Le agradecería, señor...

Pero Billy Pino-tea ya había llevado el paraguas lleno de

tierra al agua y lo estaba sumergiendo. Comenzó a hacerlo girar por el mango. Lo llenaba de agua y lo giraba, lo llenaba de agua y lo giraba.

—He lavado oro hasta en un pañuelo de bolsillo —dijo el minero—. La tierra se disuelve y se cuela y deja las lentejuelas en el fondo.

Jack, mientras tanto, sacaba el lodo de su palangana. Salía del agua para calentarse los pies y tomar un sorbo de café, y retornaba. Trabajó dos palanganas sin encontrar una pizca de color, pero era que le faltaba experiencia. Estaba perdiendo el oro con el lodo. Pero continuó trabajando hasta que los pies se le pusieron azules.

Finalmente, Billy Pino-tea dejó de hundir el paraguas en el agua y empezó a trabajar con un movimiento diestro, gentil. Sacó las rocas y después de un momento devolvió el paraguas a Praiseworthy.

—La mejor palangana de todo el río —se sonrió—. Me compraría una para mí.

El barro había desaparecido. En su lugar, sobre la tela negra del paraguas se había depositado una capa brillante de oro y escamas. Praiseworthy entornó un ojo y sonrió al hospitalario minero.

—Creo que aprenderé a usarlo, señor.

Se quitó los zapatos, se arremangó los pantalones y se puso a trabajar. Durante toda la tarde se podía ver a Jack trabajando con la palangana y tomando sorbos de café frío, y a Praiseworthy, que ofrecía un aspecto elegante, hundiendo el paraguas lleno de barro en el agua.

Finalmente, Jack llegó al fondo de la lata una vez y por todas.

—Sí señor, café de primera calidad, Billy Pino-tea —dijo—. De primera calidad.

—Me alegra que te gustara —respondió el minero con una sonrisa un poco irónica.

12

Látigo Largo

Las hogueras, a lo largo del río, iluminaron el camino de regreso hacia el pueblo. Acarreando los zapatos, los dos socios estaban repletos de tripa y frijoles, y entre los dos eran tan ricos como el contenido de oro de un dedal. A Jack le dolían los pies por las horas pasadas en el agua helada, pero estaba demasiado entusiasmado como para importarle.

Jack tenía la cara sucia y sus ropas estaban aún más sucias. La camisa blanca de Praiseworthy estaba salpicada de barro. Su paraguas estaba hecho andrajos.

—Lo primero que vamos a hacer mañana —dijo el mayordomo, es comprarnos unas botas.

—Si tuviéramos una tienda como la de Billy Pino-tea —dijo Jack— no tendríamos que dormir en ese viejo hotel. Podríamos quedarnos en nuestra propiedad.

—No tenemos ninguna propiedad.

—Pero conseguiremos una, ¿no es verdad?

—Absolutamente.

—¿Y una tienda?

—¿Por qué no?

—¿Y una mula? Dijo que necesitaríamos una mula o un burro para buscar oro.

—Un canario de montaña, por seguro —dijo Praiseworthy.

Jack trataba de mantener el mismo paso que su socio.

—Billy Pino-tea piensa que usted es mi padre.

—Lo escuché.

—No me importa.

Praiseworthy se tiró de la oreja.

–Cuando tiene una idea fija en la cabeza es imposible cambiarle de parecer. Traté varias veces. No lo hizo por ofender.

–Desde luego que no –dijo Jack, levantando la mirada. Le gustaba Praiseworthy. Se sentía a gusto con él, especialmente, cuando iban juntos, ambos descalzos y llenos de lodo. Ser socios era lo mejor después de ser parientes, incluso, mejor. Un socio no te castiga, aun cuando uno lo merezca. Pero había veces que deseaba tener un padre, con castigo y todo.

Continuaron su camino, y desde algún lugar entre los árboles y las sombras escucharon el sonido de la armónica de un minero. Hacía varios días, desde el descubrimiento del retrato de tía Arabella en la maleta de Praiseworthy, que Jack se preguntaba acerca de ello. El momento nunca parecía propicio para hablar de ello, pero ahora la pregunta se le escapó.

–¿Sabe la tía Arabella que usted lleva su retrato?

Praiseworthy cambió el pico al otro hombro.

–Sí, sí, el retrato –dijo en voz baja–. Era mi intención dárselo a usted. No tengo derecho a tenerlo. Ningún derecho.

–Es sólo un retrato. Guárdelo usted. –Jack cambió la pala a su otro hombro–. ¿Por qué tía Arabella no tiene esposo?

–¿Qué?

–Quiero decir que ella es hermosa, ¿no es verdad?

Praiseworthy parecía muy turbado.

–Bueno, vea, señorito Jack...

–Jack *Jamoka*, por favor. Constance dice que tía Arabella estuvo enamorada una vez, pero él murió, y las mujeres como ella nunca se sobreponen a una cosa así; se convierten en solteronas.

–La señorita Constance debería recibir una paliza –respondió Praiseworthy secamente. –Y enseguida cambió el tema–. Lo primero que tengo que hacer mañana es conseguir que me reparen la palangana.

—Le apuesto que tía Arabella se casaría con usted si se lo pidiera.

Praiseworthy se detuvo como si hubiera recibido un golpe, y después comenzó a reírse.

—Eso no tiene sentido, señorito Jack. Son tonterías. Una mujer como la señorita Arabella se casa con un caballero, no con un mayordomo. Simplemente, no se hace. Yo no permitiría tal cosa. Ni por un momento. Seguro que la gente se reiría tanto que su querida tía tendría que irse de Boston. Ahora, olvidémonos de esas fantasías suyas. Vamos.

Reanudaron la marcha y Jack no dijo nada más. Pero Praiseworthy no lo engañaba. No señor. Praiseworthy no se había apropiado el retrato de tía Arabella, él nunca haría tal cosa. No señor. No Praiseworthy.

<<Tía Arabella misma le había *dado* el retrato>>, pensó Jack. <<Sí señor>>. Y cuanto más lo pensaba más le agradaba.

Pronto, las luces de Lugar del Colgado podían verse entre los árboles. Praiseworthy se detuvo para ponerse los zapatos, pero Jack siguió acarreando los suyos.

Cuando llegaron a la calle, los hombres que estaban sentados tallando madera, dejaron de tallar; los que estaban de pie conversando, dejaron de conversar. Y los que iban y venían, dejaron de ir y venir.

Jack tuvo la repentina sensación que todos los estaban mirando ¿Qué pasaba? ¿Es que acaso tenían la cabeza al revés?

Entonces se escuchó una voz:

—¡Ahí está!

—Sí, es él.

Praiseworthy y Jack siguieron caminando. Pasaron por la casa de subasta de Juan Barato. Una sensación de frío se apoderó de Jack.

—Quizás están buscando a alguien para colgarlo – susurró.

—No es muy probable, a estas horas de la noche –dijo

Praiseworthy. Pero estaba preocupado. Los hombres parecían sonreír y en Lugar del Colgado eso podría ser una mala señal.

Cuando llegaron al hotel Empire, los parroquianos que estaban congregados en el porche los miraron con una admiración temerosa. Se elevó un murmullo de voces.

—Noqueó al bandolero a diecisiete pies de altura.

—*Cuesta arriba.*

—Diecinueve pies, según me contaron.

—Diecinueve pies y *once* pulgadas. Lo midieron.

Praiseworthy se detuvo en la entrada. Miró a Jack, quién esbozó una sonrisa tímida como si hubieran sido salvados de la rama de un árbol. Y entonces el mayordomo se dio vuelta, observando los rostros barbudos que sonreían bajo la luz amarillenta del hotel.

Un minero, que masticaba tabaco, dijo entre dientes:

—Forastero, usted debe tener una pegada tan fuerte como el mango de un látigo largo. Nos complace tenerlo en nuestro pueblo.

—Encantados de estar aquí —dijo Praiseworthy, bajando el pico de su hombro—. Pero honor a quien honor merece. Caballeros, permítanme explicarles.

—¡Eh, Látigo Largo!, ¿de dónde vienen usted y el chico?

—De Boston, señor. Caballeros, nuestro buen amigo y compañero de viaje, el señor Jonas T. Fletcher parece haber difundido una historia terriblemente exagerada de lo que sucedió. Verán ustedes...

—Un momento. ¿Lo está llamando mentiroso?

—No, pero...

—Bueno, noqueó al bandido, ¿sí o no?

—Sí, pero...

Los mineros comenzaron a reírse y el tabaco de mascar salió volando en todas direcciones. Praiseworthy les había agradado a todos inmediatamente y uno por uno adoptaron el sobrenombre.

—¿Por cuánto tiempo se quedará, Látigo Largo?

Praiseworthy se volvió a colocar el pico sobre el hombro. Se daba por vencido: era imposible tratar de explicarles. Le parecía que cada hombre en las excavaciones se negaba a escuchar la verdad, y ya había tenido suficiente por un día. Si preferían una historia fantástica a la realidad de los hechos, podían tenerla si querían.

—Látigo Largo, usted estuvo allí. ¿Cuál fue la distancia exactamente?

Praiseworthy le hizo un guiño a Jack. Mientras que los habitantes de Lugar del Colgado estuvieran decididos a achacarle una reputación, era preferible que fuera la mejor.

—Señores —dijo—, desde donde yo estaba parecía que eran, por lo menos, *veintitrés* pies.

—¡Bendito sea! —dijo uno de los mineros.

—Vamos, Jack Jamoka —dijo Praiseworthy, dirigiéndose al hotel.

Jack sintió que una amplia sonrisa invadía su cara.

—Sí, señor Látigo Largo —dijo.

13

Un lote de corbatas

En algún momento, durante la noche, Higgins Ojo-Cortado se marchó de Lugar del Colgado con destino desconocido.

En los días que siguieron, el nombre y la reputación de Praiseworthy se difundieron por las excavaciones. A los nuevos inmigrantes se les mostraba como una persona de importancia, y Jack se complacía en la fama alcanzada. La verdad era que el mismo Praiseworthy había comenzado a disfrutar de su popularidad.

Y como si fueran camaleones, los dos socios fueron cambiando su atuendo por el de la sierras nevadas. Usaban camisas rojas de minero, botas altas y sombreros de ala ancha para protegerse del sol del verano.

Después de una semana en las excavaciones apenas quedaba rastro del mayordomo, a no ser por su postura siempre erguida y su mirada reservada y silenciosa. Además, como para justificar su reputación, dejó de afeitarse. Después de unos días su apariencia era realmente feroz.

Jack había recogido cuatro latas para tenerlas listas para el día que reclamaran su propiedad. Compraron una tienda de lona manchada de polvo en la subasta de Juan Barato y la armaron al lado de la de Billy Pino-tea. Todo lo que les faltaba para ir a buscar oro era un burro y provisiones de frijoles, tocino, harina y café.

Removían tierra y lavaban lodo en la palangana desde la mañana a la noche. Billy Pino-tea les enseñó todos los trucos que conocía, incluyendo como colocar trampas para pulgas.

Al anochecer, llenaban las palanganas con agua enjabonada y las colocaban al lado de una vela hundida en el suelo de tierra de la tienda.

–La vela hace que los insectos salten –explicó Billy Pino-tea. Y la única cosa que no ha aprendido una pulga es darse un baño. Saltan dentro del agua enjabonada y se ahogan.

Pero las velas costaban un dólar cada una y algunos de los mineros preferían las pulgas. Había días en que un hombre era lo suficientemente afortunado como para pagar por su comida con las escamas de oro que lavaba. Mientras que una onza de oro se vendía a dieciséis dólares en el lejano San Francisco, en las excavaciones sólo valía cuatro dólares. Y no se compraba mucho con eso.

Las cebollas costaban uno cincuenta la libra. Los suministros debían traerse de afuera y los precios eran altos. El puerco salado se vendía a cincuenta centavos la onza. El polvo de oro parecía ser más abundante que la harina. El heno costaba ocho centavos la libra.

–He visto algunos precios por las nubes –rió Billy Pino-tea, mientras freía una rebanada de pan en su recipiente para oro–. Hubo un hombre que vino a las excavaciones con un bote de pasas. Los muchachos no habían visto una pasa desde que dejaron sus casas y se les hizo agua la boca. Ustedes hubieran pensado que había caviar en ese bote. Las pasas se vendieron por su peso en polvo de oro. Cerca de cuatro mil dólares.

Lentamente, día tras día, Praiseworthy y Jack aumentaban sus provisiones. Ya tenían mantas, una docena de velas y una cafetera. Una mañana, cerca del mediodía, Jack arrancó un manojo de hierba y el brillo de la luz de las raíces lo hizo quedar boquiabierto. Era una pepita de oro.

Su grito se escuchó de un extremo a otro del barranco.

–¡*Una pepita de oro*!

Praiseworthy dejó caer la palangana y Billy Pino-tea entornó los ojos. Jimmie el-del-pueblo, que llevaba un bigote con la puntas retorcidas, llegó corriendo y John Búfalo se despertó de una siesta profunda.

Pronto una docena de mineros había abandonado sus propiedades para congregarse alrededor y admirar el hallazgo de Jack. La pepita de oro tenía el tamaño de una bellota. Estaba enredada en las raíces de la hierba como una mosca en una tela de araña.

—Quizás nos podamos comprar un burro —sonrió Jack.

—Bueno, no sé —sonrió Billy Pino-tea—. A lo mejor el rabo de un asno.

John Búfalo se quitó el pañuelo de la cabeza y lustró la pepita. Los mineros la pasaron alrededor, sosteniéndola al sol para ver su brillo, y desde ese momento se le conoció como "la pepita de oro de Jack Jamoka".

Esa noche, Praiseworthy, Jack y Billy Pino-tea fueron al pueblo a cenar. Había una carta del doctor Buckbee esperando en el hotel. Estaba escrita con mano temblorosa.

Mis queridos amigos, su carta me llega cuando me encuentro debilitado por la fiebre amarilla de Panamá y casi no puedo sostener firmemente la pluma. ¡Malditos sean Higgins y la banda de asaltantes de caminos de los que me escriben! Ya que no puedo levantarme de la cama, por favor, actúen como mis agentes en este asunto. Si pueden recuperar el mapa, los haré socios de la mina, al cincuenta por ciento. Les imploro que actúen rápidamente antes de que todo se pierda.

Praiseworthy terminó de leer la carta y la dobló cuidadosamente.

—Una oferta realmente generosa —le dijo a Jack.

¡La mitad de la propiedad de una mina de oro! Las cejas amarillas de Jack se elevaron. Todo lo que tenían que hacer era seguirle la pista a los asaltantes de caminos.

—Necesitaremos revólveres —dijo Jack rápidamente. Un cuatro-tiros se ajustaría muy bien en su cinturón, al lado de su cuchara de cuerno y la bolsa de gamuza. Quizá podría cambiar su pepita de oro por una pistola.

Praiseworthy se rascó la barba.

–Lo que necesitamos es un burro.

–¿Para perseguir a los forajidos? –preguntó Jack.

Praiseworthy se guardó la carta en el bolsillo de la camisa y sacudió la cabeza.

–No tenemos tiempo para tales especulaciones. Primero, sin duda que esos buitres ya rasgaron el abrigo de Higgins Ojo-Cortado y descubrieron el mapa. Segundo, a estas horas pueden haber ya localizado la mina.

–Mapas –rió Billy Pino-tea–. Hay tantos mapas flotando alrededor de las excavaciones que se podría empapelar una habitación con ellos. Vamos a comer, muchachos.

Ordenaron papas fritas estilo Lugar del Colgado, tocino, ostras de lata y huevos. Praiseworthy se dio vuelta y le preguntó a Jack:

–¿Qué desea beber?

Jack miró al mozo.

–Café –dijo–. Café, señor, con unas pocas bellotas molidas.

Después de la cena, Praiseworthy permaneció en el vestíbulo del hotel para contestar la carta del doctor Buckbee. Jack y Billy Pino-tea fueron a recorrer la calle para ver los lugares interesantes. La campana de la subasta comenzó a repiquetear. <<Quizás Juan Barato tenga pistolas para vender>> pensó Jack.

–Vamos –dijo.

–Vamos –dijo Billy Pino-tea.

El subastador colocó un barrilito de mantequilla salada afuera de la tienda, brillantemente iluminada, y los mineros se congregaron como moscas alrededor de ese manjar. Desenfundaron sus navajas de bolsillo, rasparon la mantequilla y se la comieron directamente de sus afiladas hojas.

Con el tañido de la campana y la mantequilla gratis se había congregado una multitud, y la subasta comenzó. Los franceses se mezclaban con los de Sonora y los chilenos con los alemanes, los de Missouri con los yankis y los ingleses con los kanakas de las Islas Sandwich. Había marineros que habían desertado para correr a las minas, y soldados que habían abandonado sus guarniciones en Monterey y San Francisco.

El subastador se subió a un barril al fondo de la tienda. Era un hombre panzón con un chaleco abierto y sombrero hongo.

–¿Cuánto quiere por el sombrero, Juan Barato? –gritó alguien.

–¿No está a la venta –dijo el subastador–. Pero tengo diez libras de azúcar china que sí lo está. ¿Alguna oferta, señores? ¿Quién me da un dólar la libra? Dólar, dólar, dólar, dólar... tengo un dólar. ¿Quién me da un dólar y medio, medio, medio, medio...dos dólares? Tengo dos dólares, muchachos, dos, dos...

–¡Dos pesos! –dijo un español que llevaba unos pantalones con botones plateados a lo largo de los lados de ambas piernas.

Jack esperó a que terminara la venta del azúcar, una carretilla, palanganas, cuchillos de carnicero y un saco de manzanas secas. Parecía que el subastador no tenía revólveres. Los mineros se congregaban alrededor, tallando madera y divirtiéndose.

–Tengo un lote de corbatas que fueron enviadas aquí, por error, muchachos –dijo Juan Barato–. En los Estados Unidos se venderían a un dólar cada una. ¿Qué me dan por el lote? ¿Alguien ofrece diez dólares? ¿Nueve? ¿Nueve?

Los mineros sonreían, tallaban madera y no decían nada. En ese momento Jimmie-el-del-pueblo divisó a Jack y a Billy Pino-tea.

–Vamos a comer algo –dijo–. Mi estómago se siente como un gato sin garras en el infierno.

–Nueve, nueve, nueve –gritó el subastador.

–Ya lo hicimos –dijo Billy Pino-tea.

–¿Hecho qué? –preguntó Jimmie-el-del-pueblo, retorciéndose los bigotes con hambre.

–Hecho eso –dijo Jack.

—Ocho, ocho, ocho –gritó el subastador–. El joven de cejas amarillas me ofrece ocho dólares. Vendido por ocho dólares.

Jack se quedó de piedra como si le hubiera caído un rayo. Los mineros comenzaron a reírse.

—Parece que usted se compró un lote de corbatas por ocho dólares, Jack Jamoka –rió Billy Pino-tea.

—Pero yo dije *hecho*, no ocho –protestó Jack.

—Eso es lo que le escuché decir: *Ocho* –respondió Juan Barato, echándose el sombrero hongo hacia atrás.

¡He– cho!

—No somos muy buenos en ortografía, por aquí. Estaba claro que el subastador sabía que de otra manera no hubiera podido vender las corbatas.

—Usted no está renegando de su palabra, ¿verdad?

—No puedes hacerlo –susurró Billy Pino-tea–. Muchacho, es preferible que te rompas una pierna antes de que quiebres tu palabra. Paga.

El subastador sonreía.

—Caramba, conseguiste corbatas muy baratas. Por supuesto que aquí en las excavaciones no acostumbramos a llevar corbatas, excepto cuando nos entierran. –Y se echó a reír a carcajadas.

Los mineros contemplaban el asunto como una diversión inofensiva.

—Puedes rellenar una almohada con ellas –dijo alguien.

—Átalas y úsalas para enlazar pollos.

Jack avanzó hacia la balanza de oro y sacó la bolsa de piel de su cinturón. La pepita de oro salió rodando. Pidió prestado un cuchillo y poco a poco cortó la mitad de la misma. Le dolió mucho hacerlo. Apretó las mandíbulas, con enojo. Después, tomó el lote de corbatas y se dirigió a la calle, abriéndose paso entre la multitud.

—Ni siquiera estoy convencido de que me gustaría que me enterraran con una de esas cosas –rió un minero.

Praiseworthy venía caminando en dirección del hotel y Jack no se atrevía a enfrentarse con él. Había cortado dos onzas de la pepita que podían haber servido para comprar las provisiones o un revólver. Pero Billy Pino-tea y Jimmie-el-del-pueblo se reían entre dientes.

–¿Qué lleva ahí? –preguntó Praiseworthy, levantando una ceja.

–Corbatas –murmuró Jack–. Un lote completo de corbatas.

– Praiseworthy elevó la otra ceja.

–¿Corbatas?

–Sí, señor.

Jimmie-el-del-pueblo abrió la bolsa de oro.

–Supongo que fue mi culpa –sonrió–. Te pagaré por las corbatas, Jack Jamoka, siempre que no me obligues a usar una.

–Ni a mí –sonrió Billy Pino-tea.

Praiseworthy levantó la mano.

–Guarde el oro.

Miró a Jack.

–Esa fue una buena compra –sonrió–. Una magnífica compra.

Jack miró asombrado a Praiseworthy.

–¿Qué?

–Compraremos un canario de montaña con las corbatas.

Billy Pino-tea entornó un ojo.

–¿Te has vuelto loco, Látigo Largo? Aunque quisieras no podrías regalar esas cosas en Lugar del Colgado. La única "corbata" que se le puede poner a un hombre en este pueblo es un lazo alrededor del cuello.

Praiseworthy se rascó las cortas patillas que estaban en una etapa de picar. Sonrió, entrecerrando un ojo.

–A menos que me equivoque en un día o dos, todos los hombres de las excavaciones vendrán a rogarnos para que les vendamos una corbata. Se pelearán para conseguir una.

Levantó el cesto de las corbatas y se lo puso sobre el hombro.

–Vamos, socio.

A la mañana siguiente Praiseworthy y Jack ayudaron a Billy Pino-tea a cavar un agujero de coyote.

–Una vez que lleguemos al lecho de roca quien sabe que riquezas encontraremos ahí abajo –declaró el minero–. Las escamas se introducen y se mezclan en la tierra con el movimiento de los terremotos y demás. Pueden tardar diez mil años en alcanzar el lecho de roca, pero ahí se detienen.

Al caer la tarde, el agujero era más profundo que la altura de Praiseworthy. Ataron una cuerda y alzaron cubos llenos de tierra. A todo lo largo había hombres cavando agujeros de coyote en busca de oro y algunos de éstos eran tan profundos como pozos.

Jack tomaba su turno en el fondo del agujero, llenando los cubos que se vaciaban en el Tom Largo. El Tom Largo era como un canal de madera colocado en la corriente. El agua que fluía arrastraba la tierra a lo largo de una canaleta y las partículas de oro quedaban atrapadas en las ranuras de hierro a lo largo del fondo.

Praiseworthy se mantuvo silencioso acerca de las corbatas. Aun al final del día siguiente no había apuro en comprarlas, como él había predicho. Pero no estaba preocupado. Jack se preguntaba si Praiseworthy sólo había tratado de no hacerlo sentir mal por la compra tan ridícula. Quería olvidarse de todo y no dijo nada más.

A la mañana siguiente, apareció una delegación de tres hombres en la propiedad de Billy Pino-tea. Jack reconoció enseguida al señor Jonas T. Fletcher. El dueño de la funeraria había traído con él a dos comerciantes de Lugar del Colgado. Venían buscando a Praiseworthy que estaba en el fondo del agujero de coyote.

Jack y Billy Pino-tea lo sacaron con una cuerda. Praise–worthy parecía como si lo hubieran sumergido en polvo; se le

había quedado pegado en las pestañas y apenas podía abrir los ojos.

–Si el lecho de roca está más profundo –le dijo a Billy Pinotea –terminaremos buscando oro en China.

–Látigo Largo –dijo el sepulturero–. Usted debe mantener el buen nombre de Lugar del Colgado.

–¿Cómo dice?

–Acaban de desafiarnos.

Praiseworthy comenzó a sacudir el polvo del sombrero.

–¿De verdad?

–Sí. Un hombre en Llanuras del Oso ha oído hablar de usted. Dice que puede derrotarlo.

Jack levantó la mirada. Praiseworthy ni siquiera pestañeó. Simplemente siguió sacudiendo el polvo de su sombrero.

–¿Es cierto?

–Sí. Por supuesto que él no sabe distinguir un buey de un toro, para decir una cosa así. No es exactamente brillante, aunque tengo entendido que puede escribir su nombre si se le da suficiente tiempo. Es un hombre corpulento. Lo llaman Buey de la Montaña. Bien, ¿qué dice?

–No me parece una lucha por igual –dijo Praiseworthy.

El sepulturero asintió

–Te lleva ventaja en altura, peso y alcance, y maldad... supongo.

—Eso no es lo que quiero decir —dijo Praiseworthy—. No sería justo para *él.*

Los tres caballeros de Lugar del Colgado respondieron con una mirada ausente.

—¿Qué dice?

Aun Jack estaba sorprendido por la declaración de Praiseworthy. Buey de la Montaña sonaba a algo enorme. Praiseworthy no tendría ninguna posibilidad. ¿Quizás él había comenzado a creer en su propia fama?

—Por lo que ustedes me dicen, caballeros —dijo Praise-worthy—, el hombre apenas puede leer y escribir. Estará decididamente en desventaja.

Billy Pino-tea se bajó el sombrero hasta las orejas.

—Látigo Largo, ¿quieres decirme por favor, qué tiene que ver leer y escribir con una pelea a puñetazos?

—Supongo que eso habrá que verlo.

—¿Entonces vas a pelear con él? —sonrió el sepulturero.

—No por elección, señor —dijo Praiseworthy—. Pero si está en juego el buen nombre de Lugar del Colgado, supongo que tendré que hacerlo.

La delegación sonrió

—¿Qué le parece el próximo martes?

—Imposible. El próximo martes ya tendremos nuestro burro y provisiones y estaremos lejos de aquí buscando oro. Mi socio y yo tenemos que hacer fortuna y se nos está acabando el tiempo. Regresaremos por aquí a mediados de agosto a más tardar. Pueden planear la pelea para el quince, señores.

Los tres caballeros de Lugar del Colgado asintieron y partieron. Jack miró asombrado a Praiseworthy como si un completo extraño hubiera estado escondido durante todos estos años tras los elegantes modales de un mayordomo. Estaba encantado.

Pero Billy Pino-tea se quitó el sombrero, lo tiró al suelo y saltó sobre él.

–¡Látigo Largo! –resopló–. Te has vuelto loco. ¡Mejor que prepares tu testamento antes del quince del próximo mes!

Jack acababa de bajar al fondo del agujero cuando una excitación súbita se extendió por las excavaciones, y volvió a subir rápidamente. Se escuchaba un griterío de un lado a otro de la corriente, de propiedad a propiedad.

–¡El viejo Jackson Cuarzo regresó, y trajo con él a su esposa!

Los hombres dejaban caer las palas y palanganas y abandonaban los Toms Largos. Los mineros se arrastraban fuera de los agujeros de coyote.

–¿Qué sucede?

–¡Él y la señora están en el hotel!

La excitación aun llegó a Billy Pino-tea.

–Muchachos –dijo a Praiseworthy y a Jack–, ¡no he visto a una dama en tanto tiempo que casi me he olvidado de cómo son!

Praiseworthy descansó las manos sobre el mango de su pala y sonrió. Le hizo una seña a Jack.

–Éste es el día que hemos estado esperando, socio. Ya verá.

Billy Pino-tea frunció el entrecejo.

–Bueno, no se queden ahí parados. Parece como si no se hubieran bañado en un año. Es una desgracia. Estoy avergonzado de ustedes. Escucharon lo que dijeron. Hay una dama en el pueblo.

En cinco minutos había mineros a todo lo largo del río, lavándose y gritando y haciendo planes para ir al pueblo. Billy Pino-tea se metió en el agua con la ropa puesta y se echó encima varios chorros de agua con su sombrero. Más tarde, se podían ver camisas y pantalones en cada arbusto, secándose al calor de la montaña.

Los hombres se miraban en los espejos sujetados a los árboles y sacaban las navajas. Algunas de las barbas más destacadas desaparecieron mientras que otras fueron recortadas.

Praiseworthy se tomó su tiempo. Cuando él y Jack emergieron de su tienda de campaña, llevaban puestas unas corbatas verde brillante. Billy Pino-tea estaba acariciándose la barba. Se detuvo y los miró.

–Puede escoger una –dijo Praiseworthy–. Es decir, si mi socio está de acuerdo.

–No hay objeción de mi parte –dijo Jack.

Billy Pino-tea sonrió.

–Gracias.

Las corbatas eran de colores tan brillantes que podían verse del otro lado del río. Pronto, los mineros que se habían reído de Jack la noche de la subasta se aglomeraron alrededor del cesto de corbatas.

–Te daré una pizca de polvo por una corbata, Jack Jamoka.

–Yo te daré *dos.*

Billy Pino-tea se reía.

–No se peleen, muchachos. Pónganse en fila aquí. Parece que Jack Jamoka controla el mercado de corbatas. Los tomó de sorpresa, ¿no es cierto? Mantengan las bolsas abiertas y yo me encargaré de sacar el polvo de oro, ya que tengo los pulgares más grandes de las minas.

Praiseworthy estaba parado, con un pie sobre un tocón y encendió un cigarro Nueve Largo. En menos de veinte minutos el cesto estaba vacío. No había quedado ni una corbata. Billy Pino-tea tiró de los cordones de la bolsa de gamuza de Jack y se la entregó. Pesaba como el plomo.

Jack la pesó en su mano y se la tiró a Praiseworthy.

—Esto debe ser suficiente para un burro —dijo sonriendo.

—Y hasta para un arma —dijo Praiseworthy, evaluando el peso. —Le devolvió la bolsa a Jack—. Sí, señor, ese Juan Barato mejor que aprenda a distinguir un buey de un toro antes de aprovecharse de Jack Jamoka. Señores, vayamos al pueblo.

Los mineros se habían aglomerado fuera del hotel Empire y cuando Jackson Cuarzo condujo a su señora al portal, los mineros se quitaron los sombreros como si estuvieran frente a la bandera de los Estados Unidos.

—¡Por la gran cuchara de cuerno! —dijo Billy Pino-tea, con admiración—. Una mujer de verdad.

Su mirada era brillante. Los recibió con una sonrisa. Jackson Cuarzo usaba un chaleco con un reloj de cadena y se sentía tan orgulloso que parecía que iba a estallar.

—Hemos traído maderas —dijo—. La señora y yo vamos a construir una cabaña y ustedes, muchachos, serán siempre bienvenidos a tomar el té. ¿No es verdad, Hanna?

—Hanna —murmuró Billy Pino-tea—. ¿No es el nombre más bonito que han escuchado?

Jackson Cuarzo miró hacia la multitud. Reconoció a Praiseworthy y a Jack y les hizo una seña.

—Acérquense muchachos, y los presentaré. ¡Apúrense, antes de que se estrangulen con las corbatas!

14

Los buscadores de minas

Cuando Jack se despertó a la mañana siguiente tiró al suelo la manta y corrió afuera para ver si su burro todavía estaba allí. Lo estaba. Atado a una estaca fuera de la tienda.

–Buenos días, Platero – sonrió Jack.

Platero era un veterano de las excavaciones de oro. Le dirigió una mirada altanera. <<Platero es un animal orgulloso>> les había dicho el hombre que se los vendió. <<A veces cree que es una mula>>. La cabeza del burro parecía tan grande como su cuarto trasero y sus oscuras orejas eran firmes como las alas de un halcón. A Jack le agradaba.

–Vamos a ser amigos –dijo–. Sí, señor.

Desató al burro y pasó una pierna sobre el lomo. Platero levantó sus patas traseras, haciendo volar su cola, y Jack fue a parar al suelo. El burro volvió su grueso cuello y miró a Jack con desprecio. Jack estaba tan sorprendido que se quedó sentado allí.

–Vaya, qué poco amistoso –dijo Jack.

Billy Pino-tea, de pie a la entrada de su polvorienta tienda, se reía a carcajadas.

–Recuerda lo que el hombre dijo, Jack Jamoka. Dijo que el canario montañés cree que es una mula.

Jack se sacudió el polvo.

–Sólo quería montarlo.

Billy Pino-tea sacó un pañuelo rojo de su bolsillo y se acercó.

–Las mulas en estas colinas son todavía medio salvajes. –Ató el pañuelo alrededor de los ojos de Platero–. No les

gusta ser animales de carga. Primero, les vendas los ojos y así se quedan quietos.

Praiseworthy salió de la tienda, se desperezó y se sentó sobre un tocón a mirar. La luz del día se filtraba entre los árboles y la mañana tenía un fresco olor a pino.

Jack caminó alrededor del burro, observándolo cuidadosamente. Después se escupió en las manos, pasó una pierna sobre el lomo de Platero y se agarró firmemente.

—¿Listo? —preguntó Billy Pino-tea.

—Listo –dijo Jack.

Billy Pino-tea le quitó el pañuelo. Jack se sujetó. Platero se quedó quieto por un momento, como si estuviera decidiendo si debía actuar como una mula o un burro.

—Buen chico, Platero –dijo Jack indeciso. El burro movió las orejas y pareció satisfecho de que se le había mostrado el respeto debido. Dio una pequeña patada, sólo como prueba de su carácter y se mantuvo quieto. Jack lo montó hasta que el desayuno estuvo listo.

—Conseguimos un buen burro –le gritó a Praiseworthy.

Platero pateó, en señal de protesta.

—Quiero decir, mula –dijo Jack.

Después del desayuno desarmaron la tienda, le vendaron los ojos a Platero y le pusieron la montura de madera. Lo cargaron de provisiones, deslizaron el pico y la pala entre las cuerdas que sujetaba la carga y estuvieron listos para partir.

Billy Pino-tea dirigió la vista hacia las excavaciones.

—Lugar del Colgado no volverá a ser igual con una dama viviendo en el pueblo.

—Adiós, caballeros –dijo Praiseworthy.

—Me gustaría ir con ustedes –dijo Billy Pino-tea, frunciendo el entrecejo.

Vinieron otros mineros y pasaron otros cinco minutos antes de que todos se despidieran.

—Los estaremos esperando de regreso a mediados del mes que viene –dijo John Búfalo–. A ustedes y a Buey de la Montaña.

—Aquí estaremos –dijo Praiseworthy, sacando la venda de los ojos a Platero–. Vamos, socio.

Praiseworthy recogió su nueva escopeta y Jack asió la rienda de Platero. La escopeta para ardillas no era lo que Jack tenía en mente, como un cuatro–tiros, por ejemplo, pero serviría. Podían cazar con ella y hasta defenderse contra un forajido o dos si se encontraran con alguno.

Comenzaron a caminar río arriba, con sus botas altas y camisas rojas, y pronto los gritos de sus amigos se fueron perdiendo entre los árboles. Era una linda mañana para salir en busca de oro, pero a Jack le resultaba difícil separarse de Billy Pino-tea, de Jimmie-el-del-pueblo e incluso de John Búfalo. Aun así, el regreso sería peor.

—Quizás Buey de la Montaña no sea tan grande y terrible como dicen —murmuró Jack.

—Peor, sin duda —dijo Praiseworthy sin preocuparse.

—¿De verdad va a regresar, a pelear con él?

—Di mi palabra, ¿no es cierto?

—¿A puñetazos?

—Efectivamente. —Praiseworthy no se sentía satisfecho de haber ganado su reputación al haber derrotado a un asaltante de caminos con un guante cargado de oro.

Jack continuaba asiendo la rienda de Platero y el animal le seguía con un sonido de tazas, cafetera, palanganas y latas vacías. Jack tuvo una súbita visión de su socio caído sobre el polvo de la calle, derrotado y humillado.

—La mayoría de los mineros está apostando por Buey de la Montaña —murmuró.

Praiseworthy se rascó las patillas.

—Lo sé. Pero tengo la intención de derrotarlo.

—¿Cómo, a través de la lectura y la escritura?

—Exactamente. —Praiseworthy se ajustó el sombrero gacho—. Una vez, la señorita Arabella me pidió que destruyera un libro que había encontrado en la biblioteca de tu abuelo. Si recuerdo correctamente, se titulaba *El libro de boxeo de un caballero* o *El fino arte del pugilato, explicado e ilustrado*. Supongo que ella tenía miedo que usted lo fuera a leer. No me importa decirle que no lo destruí. Lo leí. Lo devoré. Fascinante. Creo que le podría recitar páginas enteras. Es obvio que Buey de la Montaña nunca ha leído un libro en su vida. Sin duda, es un simple fanfarrón. Por consiguiente, ya que le llevo ventaja en la lectura, no veo ninguna razón por la cual no puedo ser más listo que él y boxear mejor. A decir verdad, no puedo esperar a que llegue la ocasión.

Los dos socios intercambiaron una mirada y una sonrisa y continuaron su camino. Jack dejó de pensar en Buey de la Montaña.

—¿Quiere llevar la escopeta? —preguntó Praiseworthy.

—Me gustaría —dijo Jack. Se la colgó en el brazo mientras Praiseworthy guiaba el burro a la vez que buscaba con la mirada conejos, ardillas, salvajes y forajidos. Todo lo que tenían que hacer ahora era encontrar tierra con oro.

15

El hombre que no podía sentarse

Acampaban y levantaban campamento. Día tras día, seguían el curso del agua corriente. Lavaban en el lecho del río vetas que raspaban de las rocas y pedruzcos. Las escamas de oro se quedaban atrapadas y no seguían la corriente.

Cuando encontraban partículas de color, cavaban. A veces, Praiseworthy pasaba el día entero con las botas separadas, oscilando el pico en grandes arcos. Cuando parecía que había buenas perspectivas, trabajaban hasta encontrar la fuente de las partículas de oro que, invariablemente, desaparecía o terminaba en la propiedad de alguien.

Encendían una vela de noche, en el piso de la tienda, si los mosquitos molestaban, y por la mañana Jack contaba los visitantes para ver cual de las palanganas había atrapado más. Llevaba la cuenta.

—Le gano por ochenta y dos insectos muertos —anunció Jack al final de la primera semana de buscar oro.

—Y yo tengo las picaduras de los insectos vivos para probarlo —respondió Praiseworthy, rascándose la espalda.

Los días eran largos y cálidos. Las colinas estaban cubiertas de amapolas amarillas que parecían como un manto de oro. Algunas veces Jack sorprendía a Praiseworthy mirando absorto el horizonte, como si no importara que no regresaran a Boston nunca más.

—Huela este aire, socio —decía Praiseworthy, como si acabara de descubrir el aire de la montaña.

El oro los eludía, pero el próximo recodo del río podría traerles fortuna. Se encontraban con otros buscadores todos los días, y a veces parecía que en las colinas había más mulas y burros que liebres.

Una noche, después de la cena, Praiseworthy y Jack estaban sentados tomando café, alrededor de la hoguera, cuando llegó un minero en mula.

—Sírvase un café —dijo Praiseworthy, fumando uno de los cigarros Nueve Largo que ahora le gustaban.

—No puedo detenerme —dijo el minero como si tuviera la boca llena de guijarros. —Llevaba un pañuelo atado alrededor de la cara y una de sus mejillas estaba hinchada—. Tengo un terrible dolor de muelas. Muchas gracias, de todas maneras.

—¿Hacia dónde se dirige?

—Al campamento Camisa-corta. Escuché que ahí tienen un sacamuelas.

Jack aguzó el oído. Praiseworthy bajó las cejas.

—¿Se llama Higgins, por casualidad?

—Doctor Higgins, eso es. —El minero le dio una patadita a su mula con los talones y se marchó.

Jack sacudió la cabeza.

—Espero que no me dé un dolor de muelas. ¡Ay, no!

—¡Ese impostor! —saltó Praiseworthy—. Así que ahí es donde se escapó. Higgins Ojo-Cortado, dentista del campamento Camisa-corta. Sin duda que extrae dientes y bolsas de oro al mismo tiempo.

Los días transcurrían en medio del calor y la fatiga del trabajo. Los dos socios se mantenían en constante movimiento en busca de una propiedad donde establecerse. Pasaban de barranco en barranco. Los hallazgos eran escasos. A pesar de ello, Praiseworthy cantaba mientras trabajaba con el pico y Jack silbaba. Se acostumbraron a ver a los indios que excavaban en busca de oro. Las mujeres, en vestidos de percal de brillantes colores, se acercaban al río para lavar el oro en cestos planos fuertemente trenzados a mano. La fiebre del oro no había pasado por alto a nadie.

—Esos excavadores no padecen de la fiebre del oro —les dijo un buscador—. El metal amarillo no significa nada para ellos. Lo que tienen las mujeres es fiebre de percal. Y los hombres tienen fiebre de sarapes y de cinturones rojos. Esos pobres diablos intercambian su oro por esas cosas. Les gusta vestirse bien, ¿no es cierto?

Platero no les causaba ningún problema, siempre que lo trataran con el respeto debido a una mula. Poco a poco, Praiseworthy y Jack fueron agregando polvo de oro a sus bolsas, pero estaban tan lejos de hacerse ricos como antes. Aquí y allá podían verse montones de tierra y agujeros de coyote donde otros mineros habían probado suerte antes. Pasaron por campamentos abandonados donde los chinos se habían instalado para rebuscar en las excavaciones abandonadas por otros. Y siempre parecía que encontraban el polvo de oro que se les había escapado de las palanganas, de las acequias y de las artesas de otros mineros que habían pasado por allí antes.

Jack había visto artesas hechas de muchas cosas, desde cajas de provisiones hasta troncos ahuecados. Cuando estaban terminadas parecían cunas. Uno echaba tierra con un cuenco en la parte superior, agregaba agua y mecía la artesa hasta que las escamas caían en el fondo. Se podía ver a los hombres en casi todas las propiedades, meciendo "las cunas" como si fueran nodrizas.

A Jack le gustaba llevar la escopeta. Habían estado cazando todos los animales pequeños que podían, especialmente después de que se les acabó el tocino. Una tarde, a fines de julio, después de haber montado el campamento, Jack pensó que no sería capaz de volver a comer frijoles. Cogió la escopeta.

—Voy a cazar un conejo para la cena —declaró.

—No puedo imaginarme nada más delicioso —dijo Praiseworthy, masticando un tallo de avena.

—Vuelvo enseguida.

—Lo estaré esperando.

Jack se alejó, con la escopeta al brazo. Podía sentir nuevos los músculos de sus hombros, y sus piernas parecían como si tuvieran resortes. <<Si la tía Arabella y mis hermanas pudieran verme ahora>>, pensó. <<Se desmayarían, una, dos, y las tres>>. Se detuvo para apuntar a un gato montés que se imaginó estaba agazapado en la rama de un árbol. ¡Bam! Lo despellejaría y se haría un sombrero.

El sol se estaba ocultando y el cielo se enrojeció. Ahuyentó un par de palomas grises, pero no tuvo el coraje de dispararles. Se alejaron, haciendo rechinar sus alas. En lo alto de los árboles los picamaderos estaban martillando con sus picos. <<No son pájaros carpinteros>>, se imaginó explicándoles a Constance y a Sarah. En las excavaciones los llamamos picamaderos.

Praiseworthy aprovechó la ausencia de Jack para tratar de practicar un poco de boxeo, con su sombra. Mentalmente dio vuelta a las páginas del libro. *Gancho izquierdo. Finja. Esquive, señor, esquive. Ahora, la derecha. Los codos hacia adentro. ¡Tome fuerza desde el hombro, señor!*

El cielo comenzó a oscurecerse y Jack no encontraba ningún conejo. En cambio, encontró un oso pardo.

La enorme bestia peluda salió repentinamente de entre las sombras. Se detuvo, viendo a Jack por primera vez. Jack se quedó petrificado. Sintió como si sus botas estuvieran clavadas al suelo. A veinte yardas de distancia estaba un oso pardo y todo lo que él tenía era una escopeta para cazar ardillas. El animal se elevó sobre sus patas traseras y mostró los dientes en un gruñido de advertencia.

Jack trató de recordar las cosas que Juan Montaña le había dicho una vez acerca de atrapar osos pardos. Pero no tenía una trampa. Sólo tenía una pequeña escopeta. Y ese bruto podía apartar las balas de la escopeta como si fueran moscas.

El oso pardo abrió más su boca, dejando caer algunas bellotas a medio masticar, y rugió. <<Estoy perdido>>, pensó Jack, <<acabado>>.

Logró que sus pies comenzaran a moverse. Empezó a retroceder. El oso pardo se puso a cuatro patas y avanzó hacia él rápidamente. De repente, se detuvo ya que Jack había desaparecido súbitamente de la faz de la tierra.

Había caído en un agujero de coyote.

Con escopeta y todo.

El oso se paró sobre sus patas traseras y miró para todos lados. Gruñó. Rugió. Mientras tanto, Jack estaba a veinte pies de profundidad, temeroso de que el oso pudiera caer sobre él. Entonces, el sonido de los picamaderos que escondían bellotas atrajo la atención de la bestia. Se alejó para trepar a un árbol.

Jack estaba arañado y lastimado, pero no tenía ningún hueso roto. Fue al tratar de trepar fuera del hoyo que se dio cuenta de que llegaría tarde para cenar.

No podía salir.

Las paredes de tierra cedían cada vez que apoyaba las manos y los pies. En una ocasión, casi llegó a mitad de camino de la entrada del hoyo, sólo para precipitarse al fondo junto con una pequeña avalancha de tierra. Comenzó a llamar a gritos, a pesar de que el campamento estaba demasiado lejos como para que Praiseworthy pudiera escucharlo. Gritó de todas maneras, esperó y gritó nuevamente.

Finalmente, apuntó al oscuro cielo y disparó. La explosión retumbó como un cañón y la tierra llovió sobre él. Cuando el polvo se dispersó, apareció una cara arriba.

—¡Ayúdeme, señor! —dijo Jack.

—¿Qué estás haciendo ahí abajo?

—¡Tratando de salir, señor!

—Te escuché. Casi me vuelas el sombrero con el disparo.

—Lo siento, señor.

—Te tiraré una cuerda.

Después de un momento, la cuerda cayó sobre Jack. Se asió firmemente, sujetó la escopeta y el forastero lo sacó del hoyo.

Jack pisó tierra firme y exhaló un suspiro de alivio. Estaba sucio de la cabeza a los pies.

—Muchas gracias, señor —sonrió.

—Pero si eres sólo un muchacho —dijo el hombre, enrollando la cuerda y colgándola en la montura de su caballo.

Y entonces Jack se fijó en el forastero. Era un hombre corpulento con botas usadas y una chaqueta de lino blanco. ¡La chaqueta de Higgins Ojo-Cortado!

Jack retrocedió, y casi se cae de nuevo en el agujero de coyote.

—¿Qué pasa, muchacho? Parece que has visto al diablo en persona.

El corazón de Jack latía rápidamente.

—Yo sé quién es usted, ¡un asaltante de caminos!

—Es cierto —rió el hombre—. Pero me retiré de esa profesión. Los otros muchachos fueron baleados, colgados o perdieron las orejas. Yo me escapé con una carga de perdigones en el trasero. Pasó un mes antes de que pudiera sentarme. Mi caballo y yo andamos y cazamos osos pardos. Me he reformado, es un hecho. ¿No habrás visto un oso muy grande por los alrededores? Le he estado siguiendo la pista por dos días.

Jack logró sobreponerse, pero mantuvo la distancia.

—Apuesto a que todavía está buscando la mina del doctor Buckbee.

—¿Mina? ¿A qué mina te refieres, muchacho?

Jack parpadeó. ¿No lo sabía? ¿No había cortado el forro de la chaqueta de Higgins Ojo-Cortado? Jack se dio cuenta de que le estaba apuntando con la escopeta.

—¿Me estás apuntando con esa cosa? —rió el asaltante de caminos reformado.

143

—Sí, señor.

—Vaya, ésa no es manera de tratar a tu benefactor, ¿no crees?

—Usted robó esa chaqueta que lleva puesta, ¿verdad?

–Supongo que sí. ¿Pertenece a un amigo tuyo? Me remuerde la conciencia cuando la llevo puesta. Te agradecería que la devolvieras. De todas maneras siempre me ha quedado pequeña.

Se quitó la chaqueta de lino y se la tiró a Jack. Jack la dejó sobre el suelo aunque estaba ansioso por recogerla. ¡El mapa podría estar todavía cosido al forro!

El hombre asió las riendas de su caballo.

–Ahora, si me dejas marchar sin disparar –sonrió–, te lo agradeceré. ¿Seguro que no has visto un oso pardo grande por los alrededores? Con el precio que se paga por las chuletas de oso, casi vale su peso en oro.

–Acaba de irse –dijo Jack.

–Entonces, voy a partir. –El ex asaltante de caminos comenzó a alejarse y de pronto se dio vuelta con una sonrisa final–. Chico, la próxima vez que apuntes esa escopeta a un hombre como yo, asegúrate antes de que esté cargada. Buena suerte, muchacho.

La cara de Jack se enrojeció bajo la capa de polvo. Miró cómo el hombre desaparecía entre los árboles. Sentía mucho no haber sido más amable con su benefactor.

–¡Gracias, señor! –gritó.

Praiseworthy acababa de levantarse para salir a buscar a su socio, cuando Jack irrumpió en el campamento.

–¡Mire lo que conseguí!

Praiseworthy miró el bulto blanco que Jack había hecho con la chaqueta.

–Si eso es un conejo, yo comeré frijoles.

–Es la chaqueta de Higgins Ojo-Cortado.

Jack le contó rápidamente de su encuentro con el oso pardo; de su caída en el agujero de coyote y de que fue rescatado por el asaltante de caminos reformado. Con la misma rapidez, Praiseworthy abrió su navaja y cortó el forro. Abrieron cada pulgada de la chaqueta, la revisaron y volvieron a revisar, y la excitación de Jack desapareció. No había ningún mapa. Nunca hubo ningún mapa cosido al forro de la chaqueta.

—Ese bribón nos engañó —murmuró Praiseworthy—. Los asaltantes nunca le robaron el mapa. Sin duda, él tiene el mapa y no debe haber encontrado la mina todavía. De otra forma, no se molestaría en sacar muelas. Ponga algunos frijoles a freír, socio Jack. A primera hora partiremos para el campamento Camisa-corta.

16

Los sepultureros

Les tomó dos días encontrar el camino al campamento Camisa-corta. Siguieron la desembocadura sur del Río Americano hasta el valle Coloma. Las colinas en el verano eran rojas y amarillas. Pasaron a diez pies del aserradero de Sutter "Gorro Viejo." Jack había escuchado que todos en las excavaciones se referían a Sutter como Gorro Viejo y conocía las historias de los mineros sobre el aserradero. Ahora que lo tenía delante, era una simple cabaña rústica, de madera, sobre pilotes, a la orilla del agua.

Sutter había contratado a un carpintero llamado Jim Marshall para construirla, así fue como había comenzado la historia. Una helada mañana de enero de 1848, el carpintero vio un brillo amarillo en el canal de desagüe. Pensó que podrían ser piritas hasta que las golpeó con una roca. Esa sería la prueba. Las piritas eran frágiles y se hacían astillas. El oro real era blando y se aplastaría.

Se aplastó como un botón amarillo.

Marshall partió apresuradamente hacia Sacramento, donde Gorro Viejo había construido un fuerte, y llegó en medio de una lluvia torrencial con la noticia. Hizo que Gorro Viejo cerrara la puerta con pestillo, sacó un trapo de algodón blanco de uno de los bolsillos de sus pantalones mojados y le mostró su descubrimiento.

Jim Marshall estaba tan excitado que apenas podía hablar.

Los dos hombres hicieron otras pruebas. Trajeron dos cuencos de agua y una balanza. Utilizando una cantidad igual de plata, pesaron los dos metales bajo el agua. El oro era más pesado. Después hicieron la prueba con ácido para ver si se corroía. No sucedió. No había lugar a dudas sobre el descubrimiento de Marshall. Había encontrado oro. La noticia se regó como pólvora, y comenzó la carrera por el tesoro amarillo. Los intrusos invadieron el valle y ahora había crecido una ciudad a ambos lados del río. Jack nunca había visto tantas acequias y artesas en su vida.

—¿Es éste el camino al campamento Camisa-corta? —preguntó Praiseworthy a un minero que estaba metido hasta las rodillas en agua y barro.

—Sigan el río. Si se apuran quizá lleguen a tiempo para el ahorcamiento. Muchos de los muchachos se han tomado el día libre para las festividades.

Praiseworthy se estremeció.

—Mi socio y yo no tenemos prisa.

—Es el dentista. Lo atraparon tratando de huir en un caballo robado.

Praiseworthy y Jack intercambiaron una mirada rápida. El mapa. Sólo Higgins Ojo-Cortado sabía dónde estaba la bonanza de oro del doctor Buckbee. No podría hablar colgado de una rama, por más merecido que lo tuviera.

—Pensándolo bien —dijo Praiseworthy— estamos muy apurados. Buen día, señor.

Llegaron al campamento Camisa-corta en una hora. Era una villa polvorienta con tiendas de campaña redondas y cuadradas, y cabañas de madera con techos de ramas de pinos.

—Allí —dijo Jack—. Allí está.

Vio a Higgins Ojo-Cortado sentado en un caballo bajo la rama de un árbol. Llevaba su sombrero de jipijapa y tenía un lazo corredizo alrededor del cuello. La cicatriz que le cruzaba el ojo le daba a su rostro una expresión dura. Una multitud lo rodeaba.

–Llegamos justo a tiempo –murmuró Jack.

Praiseworthy le quitó la venda roja a Platero y con un movimiento rápido la ató alrededor de la cara de Jack.

–Socio, usted tiene un terrible dolor de muelas.

–¿Qué?

–Gima de vez en cuando. Bien y alto. Vamos.

Jack tragó saliva y siguió a Praiseworthy entre la multitud. Un hombre panzón con una rizada barba, de oreja a oreja, parecía estar a cargo de las festividades.

–Doctor –estaba diciendo– ya usted conoce el veredicto del jurado. En mi calidad de juez de paz del campamento Camisa-corta, me ocuparé de que reciba buena sepultura como corresponde a un profesional como usted. No nos importa tanto que usted nos extrajera una bolsa de oro cada vez que abríamos la boca. Hay mucho oro por estos alrededores. Ni que usted robara todos los relojes de bolsillo del pueblo, de modo que nadie sabe la hora. Usted es un profesional y tratamos de ser tolerantes. Pero robar caballos es un crimen horrendo y usted debe de recibir su castigo. Dado que usted ya dijo sus últimas palabras dos o tres veces esta tarde, prosigamos. Muchachos, arreen ese caballo.

–¡Un momento! –demandó Praiseworthy–. ¡Tengo a un muchacho con un terrible dolor de muelas!

El juez de paz tiró su sombrero al suelo.

–¡Maldita sea! Éste es el tercero hoy. Nunca lo colgaremos.

–Les ruego, caballeros –dijo Praiseworthy–. Hemos venido desde lejos y sólo tardará un momento. El muchacho está adolorido. Oigan cómo se queja.

Jack gimió y se puso la mano en la mejilla. No estaba fingiendo. Estaba verdaderamente asustado de que Higgins Ojo-Cortado le sacara una de sus muelas.

–Muy bien –dijo el funcionario de las patillas–. Desmonten al doctor del caballo. Hiram, devuélvale sus fórceps y traiga ese barril de melaza para que el muchacho se siente.

Jack gimió nuevamente y vio como los hombres ayudaban a Higgins Ojo-Cortado a bajarse de la montura. Parecía que le flaqueaban las rodillas. Cortaron la cuerda que amarraba sus manos a la espalda, pero le dejaron el lazo alrededor del cuello. Él miraba a Jack y a Praiseworthy sucesivamente. Pasó un momento antes de que reconociera al mayordomo con camisa roja, botas altas y patillas.

–Nunca pensé que me alegraría tanto de verles nuevamente –dijo. –Tenía el rostro pálido y su ademán despectivo había desaparecido. A regañadientes Jack se sentó sobre el barril de melaza y el condenado fijó la vista en él–. Abre la boca, hijo, y no te retuerzas más.

Jack dirigió una mirada a los fórceps de acero que Ojo-Cortado sostenía en su temblorosa mano y decidió que ni una yunta de mulas le iba a hacer abrir la boca.

–Déjame ver los marfiles –dijo Higgins Ojo-Cortado bajo su aliento–. Trataré de disimular. Tú no viniste para sacarte ninguna muela.

–Vinimos por el mapa –murmuró Praiseworthy.

–Me lo imaginé. Sálvenme de esto y el mapa es de ustedes.

Praiseworthy asintió.

–Trato hecho. Haré todo lo posible. Pero primero, el mapa. No confío en usted ni aun con la soga al cuello.

Higgins Ojo-Cortado se quitó el sombrero de jipijapa y sacó de la badana una gruesa y plegada tira de papel marrón. Era como si la hubiera guardado allí para hacer encajar el sombrero. Cuando se lo puso nuevamente, le quedó casi hasta las orejas.

–Ésta es mi parte del trato, muchachos. Ahora cumplan con la suya. Abre las mandíbulas, muchacho.

Jack tragó con dificultad y abrió la boca. La multitud miraba y esperaba. Ojo-Cortado frotó los fórceps en la manga y se puso a trabajar. Praiseworthy desplegó el papel marrón, estudió las marcas y en pocos segundos se dio cuenta de que ese bribón los había engañado nuevamente. El mapa trazaba una línea a lo largo de la desembocadura norte del Río Americano, a través del valle Coloma y terminaba con una X que sólo podía ser el campamento Camisa-corta.

—Este mapa no sirve —saltó Praiseworthy.

—Yo no dije que servía, excepto para calzar mi sombrero. Pero ése es el mapa que dibujó el hermano del doctor Buckbee antes de morir. El genuino. Sólo que mientras tanto, las bolsas de oro han sido descubiertas una y otra vez. Cuando llegué ya había cien mineros en este lugar.

Jack gimió lo mejor que pudo con los fórceps en la boca, tratando de separar sus dientes. Su cincuenta por ciento de participación en la mina del doctor Buckbee no tenía ningún valor. Higgins Ojo-Cortado los había embarcado en una trayectoria inútil.

—Libérenme de este lazo —dijo Ojo-Cortado. Ése fue nuestro trato, ¿no es cierto?

Praiseworthy rompió el mapa en pequeños trozos. Había dado su palabra y tenía que cumplirla.

—Caballeros —dijo dirigiéndose hacia el juez de paz y a los otros que se agrupaban a su alrededor—. Me imagino que han actuado como juez y jurado en este caso.

—Correcto —respondió el funcionario—. Tuvo un juicio justo y de todas maneras fue sorprendido con las manos en la masa.

—¿Lo representó un abogado defensor?

—¿Para qué? Sabíamos que era culpable.

—¿En nombre de qué ley planean ustedes ejecutar al doctor Higgins de la rama de ese árbol?

—Caramba, todo el mundo sabe que robar caballos va contra la ley.

—¿Qué ley?

—Oiga, forastero. Que yo sepa no hay un libro de leyes en cincuenta millas alrededor. Escuché que tenían uno en

Growlersburg, pero estaba impreso en un papel muy fino y los muchachos lo utilizaron para liar cigarrillos. En lo que a mí respecta, no veo ninguna razón para dejar que la ley interfiera con la justicia por aquí. Nunca se ha hecho antes.

Praiseworthy comenzó a caminar lentamente de arriba a abajo.

–Caballeros, en ausencia de un libro de leyes, me parece que no están siendo del todo humanitarios en este caso. Ustedes están por ahorcar al único dentista en estas excavaciones. ¿Es eso humanitario? Puede que él merezca ese castigo, pero ¿qué acerca del inocente cuyo único crimen es tener un dolor de muelas? –Praiseworthy se dio la vuelta e hizo una reverencia en dirección hacia Jack–. Como mi joven socio aquí. Piensen en el dolor y sufrimiento que van a infligir a aquéllos que necesiten un sacamuelas urgentemente. Podría ser usted mismo, señor, el día de mañana, con la mejilla hinchada como un melón. O usted, señor juez de paz, con un dolor en la mandíbula como si tuviera una avispa en lugar de una muela, picándolo desde la mañana a la noche.

Uno por uno, se dirigió a los caballeros del jurado y éstos se frotaban las mandíbulas casi como si de repente les fuera a surgir un dolor de muelas. Praiseworthy nunca había pronunciado un discurso en su vida, pero las palabras fluían de su boca y podía darse cuenta de su efecto sobre la multitud. Cuando terminó fue aclamado con gritos de aprobación.

–Tiene sentido común lo que dice –dijo alguien.

–El doctor no puede sacar muelas si está a seis pies bajo tierra.

–Podríamos meterlo en la cárcel.

El juez de paz del campamento Camisa-corta sacudió la cabeza.

–Muchachos, no tenemos una cárcel. Ustedes lo saben. El veredicto fue colgarlo, pero supongo que podría posponerlo hasta que aparezca otro sacamuelas por aquí. No pasará mucho tiempo antes de que venga uno. Entonces llevaremos a cabo la sentencia.

Hubo una aprobación general de la multitud, y se declararon dos dolores de muelas en ese mismo momento. Praiseworthy estaba asombrado del poder de su elocuencia. Los dos mineros se pararon en fila frente al barril de melaza y Jack les cedió su lugar encantado.

–Ya no me duele la muela –dijo–, y Ojo-Cortado le hizo un guiño con su ojo malo.

–Doctor Higgins –dijo el juez de paz– usted ha conseguido una suspensión temporal. Cuando termine con las extracciones, quédese donde está que vamos a construir una cárcel alrededor suyo. Habrá horas de visita para los que tengan dolor de muelas. Pero lo veré colgado, y tan pronto como sea posible. –Entonces se dirigió a Praiseworthy–. Forastero, yo le prometí al doctor un buen entierro, como corresponde a un hombre profesional. Será mejor tenerlo todo listo. Ya que usted se nombró a sí mismo abogado defensor, suba a las colinas y cave una sepultura para él. Hágala de seis pies de profundidad.

–¿Por qué de seis pies?

–No sea osado o le impondré una multa por insubordinación. Todos saben que una tumba tiene que tener seis pies de profundidad. Váyase.

Los dos socios regresaron junto al burro y lo condujeron a las colinas, encima de las excavaciones.

–Por cierto, su discurso fue magnífico –dijo Jack–. Fue algo digno de escucharse. Un abogado no lo hubiera hecho mejor. Y salvó a Higgins Ojo-Cortado de la horca.

–Sólo temporalmente, que es todo lo que se merece.

Eligieron un lugar desierto a media milla del campamento. Estaba en un risco cubierto de avena, que daba al río. Sacaron el pico y la pala de entre las cuerdas de amarre de la carga de Platero y comenzaron a trabajar.

–Lindo campo, ¿verdad? –murmuró Praiseworthy–. Aun para que a uno le den sepultura.

Jack trató de no pensar en Boston. Pronto sería el momento de regresar y todo lo que habían conseguido, después de tanto trabajo, era un mapa inservible. <<Pobre tía Arabella>>, pensó. <<Perderá la casa, con seguridad>>. Todo el viaje a California comenzaba a parecer una empresa quimérica.

Cuando llegaron a cuatro pies de profundidad no pudieron continuar. Habían tocado el lecho de roca.

Y encontrado oro.

17

El quince de agosto

Jack dio un salto de casi un pie.

–¡Por la gran cuchara de cuerno! –gritó–. ¡Mire!

–¡Lo veo!

–¡Oro! ¡Ya lo creo, mire qué amarillo! –exclamó Praise-worthy.

El oro parecía como rayos de sol atrapados en la tierra. Los dos socios lanzaron sus sombreros al aire. Estaban tan excitados que enlazaron sus brazos y comenzaron a dar vueltas y vueltas dentro de la fosa.

–¡Lo hemos conseguido, Jack, lo hemos conseguido! –exclamó Praiseworthy.

−¡Somos ricos!

Pasó un momento hasta que Jack, en su excitación, se dio cuenta de que Praiseworthy lo había llamado *Jack*. No señorito Jack. Sólo Jack, ¡cómo él había querido siempre! Pensó que nunca dejaría de saltar de júbilo, pero sacó una pepita dorada y la golpeó con una piedra.

−¡Plana como un botón!

−Corte algunas estacas, pronto, Jack.

Cualquier cosa serviría. Praiseworthy extrajo su paraguas raído y lo hundió en el suelo. Serviría para señalar su propiedad. Jack limpió con la navaja una rama de pino. Praiseworthy midió cincuenta pies, por pasos, con lo cual tendrían suficiente espacio. Pronto tuvieron los límites marcados con estacas y Jack corrió, de esquina a esquina, colgando latas vacías sobre las estacas. Ya tenían su propiedad con todas las de la ley.

−¡Higgins Ojo-Cortado nos ha hecho un favor, a pesar de sí mismo! −rió Praiseworthy.

Después de las primeras lavadas de oro, Praiseworthy fue a Coloma a comprar una acequia y Jack se quedó con la escopeta para cuidar la propiedad. En veinticuatro horas los mineros habían establecido sus propiedades por todas partes alrededor de ellos. El lugar se conoció rápidamente como Colina de los Sepultureros.

Praiseworthy y Jack trabajaban de la mañana a la noche. Transportaban cubo tras cubo de tierra, cuesta abajo, hacia la caja de compuertas en el río. El hoyo fue haciéndose más ancho y más profundo. Llenaron una bolsa y la amarraron en la parte superior de una estaca.

Hora tras hora, Praiseworthy golpeaba con el pico, y día tras día, Jack vaciaba un cubo tras otro en la acequia. Su fortuna fue aumentando.

−Qué sorpresa se va a llevar tía Arabella cuando lleguemos −comentó Jack una noche, después de la cena. −Praiseworthy estaba fumando uno de sus cigarros Nueve Largos–. ¡Podremos usar bolsas de oro como topes de puertas!

Praiseworthy contempló el fuego y sus dedos tocaron el pequeño retrato de la señorita Arabella, abotonado en el bolsillo de su camisa. Ella estaba tan lejos, en el otro extremo del continente, en Boston. Se preguntó qué estaría haciendo ella en aquel momento. Mirando el fuego de la chimenea y pensando en él, quizás. Pero eso era una tontería, se dijo a sí mismo, y se alejó del fuego. No debía de olvidar su lugar.

Una vez de regreso en Boston, reanudaría sus deberes. Él era, se recordó firmemente a sí mismo, un mayordomo de nacimiento y crianza como su padre antes que él y el padre de su padre antes que éste. La señorita Arabella se sentiría perdida sin él. Boston nunca lo aceptaría como otra cosa que lo que él era: un mayordomo. Sin embargo, Boston estaba muy lejos y le agradaba escuchar el sonido del río y podía saborear el cigarro que sostenía entre los dientes.

Una mañana, un minero llegó corriendo desde el campamento Camisa-corta.

–¡El doctor Higgins se ha escapado!

–¿Cómo dice? –preguntó Praiseworthy, dejando caer el pico.

–Sí. Durante la noche. Utilizó los fórceps para salir de la cárcel que construimos. Sacó los clavos como si estuviera extrayendo muelas, aflojó uno de los tablones y se deslizó por el hueco. Ya debe estar bastante lejos y en buena hora nos libramos de él.

Praiseworthy se secó el sudor que le había caído sobre las patillas.

–Quizás aprendió una lección, pero lo dudo. Sólo está corriendo de una horca a otra. Hay muchos árboles en las excavaciones y él estará bajo uno de ellos, tarde o temprano, con los pies colgando sobre el suelo.

Después de casi dos semanas de cavar y palear tierra, la

propiedad comenzó a agotarse. Las pepitas eran cada vez más y más escasas. Uno tras otro, los mineros abandonaron la Colina de los Sepultureros. Había tenido su auge pero ahora llegaba a su fin. Los buscadores desenterraron sus estacas en pos de los rumores de otros nuevos descubrimientos.

En la mañana del 15 de agosto, el día que Praiseworthy tenía que enfrentarse a Buey de la Montaña en un combate, los dos socios desarmaron su tienda. Praiseworthy parecía no tener apuro en llegar a tiempo a su cita en Lugar del Colgado. Jack se preguntó si Praiseworthy había cambiado de idea.

–De ninguna manera, Jack. Llegaremos a tiempo.

Jack le colocó la venda a Platero y lo cargaron. Tenían once bolsas llenas de polvo de oro, que valían una fortuna en San Francisco.

–Siempre y cuando lleguemos con ellas allá –dijo Praiseworthy.

–Podríamos encontrarnos nuevamente con los asaltantes de caminos.

–Efectivamente. Nuestra escopeta apenas asusta a las ardillas. Jack, creo que ha llegado el momento de usar las armas de fuego.

El corazón de Jack se detuvo.

–¿Un cuatro-tiros?

–Creo que un cuatro-tiros sería una excelente elección.

Se detuvieron por un momento a contemplar la propiedad. El paraguas todavía se erguía en una esquina con una lata encima. Praiseworthy lo dejó allí. La Colina de los Sepultureros había sido buena con ellos y se alejaban como si abandonaran a un viejo amigo. Casi al instante, varios mineros chinos, con las trenzas colgándoles debajo de sus sombreros de paja, se instalaron para trabajar en las excavaciones que ellos dejaban.

–¡Buena suerte, muchachos! –gritó Praiseworthy.

En Coloma cambiaron el pico y la pala, la tienda y las palanganas. No las iban a necesitar más. Se marcharon de Coloma en la diligencia, cada uno con un revólver en el cinturón. Jack pasó la mano por la culata del revólver. Se sentía invencible.

Se dio vuelta para mirar por última vez a Platero. Se lo habían vendido al juez de paz y en ese momento el funcionario estaba sentado en el suelo, con las piernas extendidas ante sí. El burro lo miraba, satisfecho consigo mismo.

—Me olvidé de decirle que Platero cree que es una mula —dijo Jack.

Praiseworthy sonrió.

—Yo diría que el juez de paz se acaba de dar cuenta de ello.

Llegaron a Lugar del Colgado a última hora de la tarde. La calle principal estaba decorada con banderas como si fuera el 4 de julio. El lugar estaba colmado de mineros, caballos, mulas y burros. A Jack le parecía como si todos los animales y mineros de las excavaciones hubieran venido al pueblo.

Se elevó un grito cuando Praiseworthy se bajó de la diligencia.

—¡Ahí está! ¡Látigo Largo en persona!

Billy Pino-tea vino corriendo, con las orejas dobladas bajo el peso de su sombrero.

—Ya era hora —escupió—. Los muchachos comenzaban a murmurar que habías desertado de la pelea, aunque no te culpaban por ello. Hola, Jack Jamoka.

—Hola, Billy Pino-tea.

En un momento se habían agregado al grupo Jimmie-el-del-pueblo, John Búfalo y Jackson Cuarzo.

—Tendrán que perdonar a mi señora —dijo Jackson Cuarzo—. No quiere ver la pelea.

—Comencemos —dijo Billy Pino-tea—. ¿Dónde está Buey de la Montaña?

—Comiendo ostras en el restaurante chino —respondió alguien—. Se le abrió el apetito mientras esperaba.

—Que alguien vaya a buscarlo. Muchachos, sepárense.

Los mineros formaron un círculo grande en el centro de la calle. Otros se subieron a los techos de las tiendas para ver mejor. Cuando Buey de la Montaña apareció en la puerta del restaurante chino, a Jack se le cayó el alma al suelo.

El hombre de la Llanura del Oso sonreía. Tenía un cuello como el tronco de un árbol. El jugo de ostras chorreaba por su barba. Su pecho parecía tan grande como un barril de harina.

–Es un hombre corpulento –dijo Praiseworthy, estudiando a su oponente desde lejos. –Le entregó su revólver a Jack, junto con las bolsas que tenía en el cinturón y en los bolsillos.

–Ojalá no hubiéramos regresado nunca –murmuró Jack. Es una pelea desigual.

–¿Quiere usted que me retire?

Jack respiró hondo y sacudió su cabeza.

–Usted dio su palabra. Tiene que cumplirla.

–Así es. Y de todas maneras, tengo la intención de derrotarlo.

Praiseworthy se quitó la camisa. Y Buey de la Montaña, al otro lado de la calle, hizo lo mismo. Era como un oso pardo, y parecía el doble de ancho.

Jonas T. Fletcher, el sepulturero, se colocó en el centro del círculo.

–¿Están listos, gladiadores?

Praiseworthy asintió.

Buey de la Montaña se secó el jugo de la barba. Sonrió y se dio vuelta hacia un chino en la multitud.

–Ah, Lee, ve a freírme otras dos docenas de ostras. Estaré allí en un minuto, tan pronto como azote a Látigo Largo.

–Salgan a pelear –dijo el sepulturero del pueblo–. Si alguno de ustedes muere, le proporcionaré un funeral gratis. Que sobreviva el mejor hombre.

El sepulturero se escabulló del círculo. Praiseworthy avanzó, adoptando una postura con sus brazos. <<Los codos

hacia adentro>> se dijo a sí mismo. Buey de la Montaña avanzó con sus brazos abiertos como las alas de un buitre.

La multitud se puso tensa. El jugo del tabaco de mascar, que escupían los hombres, levantaba nubes de polvo. El corazón de Jack latía en sus oídos. Los gladiadores acortaron la distancia entre ellos y el orgullo de Llanura del Oso no perdió tiempo. Balanceó un brazo con suficiente poder como para perforar la puerta de un granero. Una vez que llegó a su meta, la multitud estaba asombrada de ver a Praiseworthy todavía en pie. Sólo había sentido aire. Lo había esquivado con la mayor facilidad. El fanfarrón callejero, con su posición abierta, anunciaba sus golpes con anticipación.

Inmediatamente, Praiseworthy contraatacó con un gancho izquierdo. No fue muy poderoso, pero sorprendió a Buey de la Montaña.

Jack miró hacia el centro del círculo con un soplo de esperanza. La espalda de Praiseworthy brillaba de sudor. Los nuevos músculos a lo largo de sus brazos y hombros parecían

lustrados. Casi dos meses en las excavaciones, clavando el pico de la mañana a la noche, habían causado su efecto. Él también tenía la fuerza para atravesar la puerta de un granero.

–¡Vamos, Buey de la Montaña, acaba con él!

–¡No le tengas miedo, Látigo Largo!

Nuevamente, Buey de la Montaña balanceó su brazo y de nuevo Praiseworthy escapó sólo con un leve roce del viento. Estaba aprendiendo. Se mantenía vigilante. Se concentraba. Sabía que un paso en falso, un pequeño error y Buey de la Montaña terminaría la pelea con un solo golpe.

Pasaron cinco minutos. A Jack le parecieron cinco horas, cinco días. Buey de la Montaña lanzaba un golpe tras otro, pero Praiseworthy lo esquivaba, se agachaba o se apartaba a un lado. Su figura se perfilaba alta y ágil en el atardecer polvoriento.

Después de hacer un estudio a fondo de su oponente, de acuerdo con lo recomendado por el libro, Praiseworthy planeó su ataque. <<Gancho izquierdo, gancho izquierdo>>, se dijo a

sí mismo. Constantes, como picaduras de avispas. A la nariz. Buey de la Montaña podía ser todo músculo, pero una nariz era una nariz.

La muchedumbre, con creciente asombro, miraba y masticaba tabaco y escupía el jugo. Praiseworthy no sólo se mantenía en pie, sino que no lo habían tocado.

Las ostras en el restaurante chino se achicharraron. Praiseworthy lo castigaba con la izquierda, y la nariz de Buey de la Montaña se puso tan roja como un tomate. En un momento, cuando los dos gladiadores se acercaron al borde mismo de la gente, Buey de la Montaña lanzó un golpe fuerte cuidadosamente dirigido. Con el mismo cuidado, Praiseworthy lo esquivó y el golpe se estrelló contra Juan Barato, el subastador. Éste salió volando hacia atrás, derribando a seis mineros como si fuesen fichas de dominó.

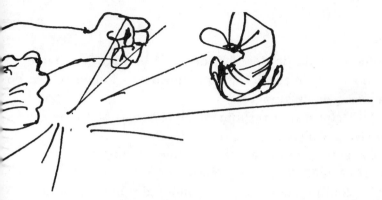

La pelea continuó sin tregua y el sol comenzó a ocultarse entre los pinos. Praiseworthy apenas se había cansado. Se agachaba, lanzaba una izquierda y resumía la pose que recordaba tan bien de *El libro de boxeo de un caballero*. Buey de la Montaña, por el contrario, había estado agitando los brazos como un molino y ahora la lengua casi le colgaba fuera de la boca y sus poderosos brazos tan extendidos antes, caían ahora sin fuerza a ambos lados de su cuerpo. Pero, como un animal herido, todavía era peligroso. Sin embargo, a Praiseworthy le pareció que había llegado el momento de cerrar el libro. Grande como era, el orgullo de Llanura del Oso tenía una mandíbula como la de todo el mundo, y una mandíbula era una mandíbula.

Buey de la Montaña sacudió la cabeza y, lleno de ira, sacó la mandíbula. Praiseworthy dio un paso adelante y lanzó un

golpe cruzado de derecha, desde el hombro, exactamente como aconsejaba el libro, y lo sintió como si hubiera golpeado la puerta de un granero.

Jack contuvo la respiración. Buey de la Montaña estaba todavía en pie cinco segundos después. Pero entonces cayó hacia atrás como una estatua, y quedó con las piernas y los brazos extendidos sobre el polvo.

Explotó un rugido entre la multitud y Billy Pino-tea llegó corriendo para levantar en alto el brazo de Praiseworthy.

–¡El ganador! ¡No sé cómo lo hizo, pero ustedes lo vieron! ¡El buen nombre de Lugar del Colgado está a salvo! ¡Vamos a celebrar, muchachos!

Praiseworthy se puso la camisa y Jack le entregó su revólver. Se lo colocó en el cinturón. Los mineros hacían ruido alrededor, pero los dos socios se miraron, en silencio. Finalmente, Praiseworthy dijo:

–¿Qué dice, Jack? Hice honor a mi reputación, ¿no es cierto?

La cara de Jack brillaba como si se hubiera tragado una linterna. Reventaba de orgullo. No había un hombre en todas las excavaciones que hubiera preferido como socio, ni Billy Pino-tea, ni Jackson Cuarzo, ni Jimmie-el-del-pueblo, ni John Búfalo.

–No fue una pelea justa, no señor – sonrió Jack–. Buey de la Montaña apenas puede leer y escribir. ¡Qué va a saber distinguir entre un buey y un toro!

18

Llegada a puerto

A la mañana siguiente, Praiseworthy y Jack tomaron la diligencia para Sacramento, tras una extraordinaria despedida. El tiempo apremiaba. Ahora que habían hecho fortuna, tenían que apresurarse a regresar a Boston antes de que la tía Arabella vendiera la casa, con todos los recuerdos de familia.

Pero últimamente, Praiseworthy se encontraba pensando menos y menos en Boston y más y más en la señorita Arabella. <<A ella le gustaría California>>, pensaba, y por supuesto, ella debería encontrar un marido. Cualquier hombre se sentiría afortunado de tenerla a su lado. Si solamente él no fuera un mayordomo. Pero eso era imposible. Rápidamente alejó este pensamiento.

Jack se sintió desilusionado una vez que atravesaron las montañas y llegaron a Sacramento, sin haber siquiera vislumbrado a un asaltante de caminos. Él había estado dispuesto, en todo momento, a sacar su cuatro-tiros.

Había un vapor en el río. Compraron los pasajes y subieron a bordo con sus pesadas bolsas de polvo de oro. La ciudad de Sacramento se alejaba detrás de ellos y en catorce horas estarían en San Francisco. El capitán, según decían, estaba tratando de superar su propio récord de velocidad.

–Catorce horas o menos –gritó desde la cabina de piloto–. ¡Caballeros, sujétense los sombreros!

El pequeño barco de ruedas continuó avanzando río abajo, haciendo sonar su sirena a todo lo que se le cruzaba en el camino, incluso troncos flotantes. Los marineros hawaianos seguían arrojando leña en la caldera, y en cubierta los pasajeros pasaban el tiempo mirando cómo subía la aguja en el manómetro.

–Cuarenta y cinco libras de presión y sigue subiendo –gritó un minero procedente de Colina de la Pobreza–. Vamos a superar el récord en una hora, si no encallamos primero en un banco de arena.

Otro pasajero sacudió la cabeza.

–Me parece que podríamos usar un poco menos de vapor y un poco más de precaución.

Praiseworthy y Jack iban sobrecargados con su tesoro. Llevaban las bolsas de oro firmemente atadas a sus cinturones con los revólveres brillando al sol. Praiseworthy encendió un cigarro Nueve Largo y se sentaron detrás del mástil, observando las curvas del río.

–Qué tierra más bonita –comentaba Praiseworthy, de vez en cuando.

–Muy bonita –respondía Jack. Comprendía cuánto sentía su socio abandonar aquella aventurada e indómita tierra. Nadie en Boston pensaría en referirse a Praiseworthy como Látigo Largo y la tía Arabella se encargaría de que él dejara de beber café. Pero Boston era su hogar.

Ellos no eran los únicos mineros a bordo que regresaban a sus hogares. Se encontraron con pasajeros que habían abandonado las excavaciones, defraudados y tan pobres como habían llegado. Algunos, después de haber permanecido durante mucho tiempo en las corrientes heladas, no habían conseguido nada más que reumatismo. No obstante, otros, como Praiseworthy y Jack, habían encontrado fortuna, y sus cinturones y sus bolsillos iban cargados con bolsas de oro.

Los dos socios durmieron con la ropa puesta, excepto las botas. Cuando se despertaron, a la mañana siguiente, y subieron a la cubierta, el vapor estaba entrando en las azules aguas de la bahía de San Francisco. A la distancia, podían verse los mástiles de centenares de buques, agrupados en el puerto.

–Quizás podamos conseguir hoy mismo pasaje para el regreso a casa –dijo Jack.

–Quizás –dijo Praiseworthy–. Cada día cuenta. Debemos llegar a Boston antes de que la señorita Arabella cometa alguna tontería.

Los pasajeros se habían vuelto a reunir alrededor del manómetro y alguien gritó:

–¡Una presión de cincuenta y ocho libras!

–¡Y sigue subiendo!

En ese momento, con el muelle a menos de una milla de distancia, la caldera explotó con un rugido y la chimenea salió despedida por el aire como una flecha. Le siguió la cabina del piloto, con el capitán aún dentro, gritando órdenes.

La explosión iluminó el día y abrió un agujero en el casco del vapor. Los pasajeros fueron arrojados por la borda, como disparados por una honda. Praiseworthy y Jack estaban entre ellos.

Lo próximo que supo Jack fue que estaba bajo el agua y las bolsas de oro, pesadas como plomo, lo arrastraban hacia el fondo. Trató de subir a la superficie, pero el peso no lo dejaba. Entonces, luchando por su vida, se desabrochó el cinturón. Las bolsas de oro y el cuatro-tiros cayeron a las profundidades. Segundos más tarde subía a la superficie. Escupió agua y miró a su alrededor. El barco había desaparecido, al igual que Praiseworthy.

Pero su socio apareció un momento más tarde, a unos diez pies de distancia. Jack se sintió aliviado. Se apartó el cabello mojado de los ojos.

–Aférrese, socio –dijo Praiseworthy, arrojándole un trozo de madera–. ¿Está bien?

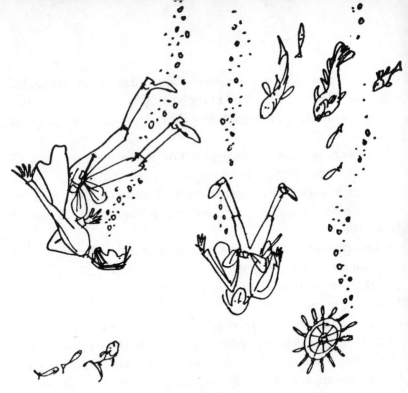

–¡Maldición! –gritó Jack–. ¡Tuve que deshacerme del cinturón!

El agua de mar chorreaba por la barba de Praiseworthy.

–No se preocupe, Jack. ¡Yo tuve que hacer lo mismo!

En diez minutos llegaron varios botes para rescatar a los pasajeros del agua. Cuando Praiseworthy y Jack desembarcaron en el muelle no sólo no tenían un centavo como el día que llegaron, sino que además estaban empapados. Habían hallado fortuna, pero ésta estaba en algún lugar del fondo de la bahía.

–Perdida para siempre –murmuró Jack suavemente.

Pero Praiseworthy parecía impasible.

–Simples trocitos de metal coloreado –sonrió–. Tenemos nuestra salud, aunque estemos empapados en estos momentos. Se podría decir que el capitán nos ha dado un baño muy caro.

No regresarían a Boston con los bolsillos llenos de pepitas

de oro, pero tenían que regresar. Tía Arabella los necesitaría aún más, ahora que con toda seguridad perdería la casa y sus pertenencias.

Apenas habían saltado al muelle cuando Jack notó que el *Lady Wilma* seguía anclado en el puesto.

—Es extraño —dijo Praiseworthy—. El capitán Swain tenía planeado regresar tan pronto como terminara de descargar.

—Quizás nos deje trabajar a cambio de nuestro pasaje —dijo Jack.

—Magnífica idea —dijo Praiseworthy.

Sin perder tiempo en secarse, pidieron prestado un bote y remaron hacia el *Lady Wilma*. Una vez que llegaron al lado del barco, elevaron los remos y Praiseworthy se llevó las manos a la boca.

—Hooola —llamó.

No hubo respuesta. No llegaba ningún ruido ni siquiera de los barcos anclados en la cercanía. Era como si hubieran remado hasta un cementerio de buques.

Finalmente, subieron a bordo, y miraron a su alrededor.

—La tripulación se ha ido —dijo Praiseworthy—. No hay un alma sobre cubierta.

—Es fantasmal —dijo Jack.

Praiseworthy gritó en dirección a la cabina del piloto:

—¡Capitán Swain!

No hubo respuesta, excepto la de un gato tomando el sol sobre un montón de lona podrida. Pronto apareció otro gato por una escotilla y cuando Jack miró hacia arriba vio un gato caminando a lo largo de uno de los peñoles.

—Aquí no hay nada más que gatos —dijo Jack—. Esos gatos del Perú.

—Y parece que se han multiplicado —asintió Praiseworthy.

Exploraron el barco y dondequiera que buscaban había gatos y gatitos peruanos. Cuando miraron dentro de la bodega vieron que la carga estaba todavía allí. Las ratas habían corroído los barriles de pescado ahumado y los gatos habían engordado con dieta de ratas y pescado.

–¿Qué habrá ocurrido? –musitó Praiseworthy–. Parece que el capitán Swain abandonó su barco. –Se rascó la barba–. Lo abandonó todo a los gatos.

Un gatito amarillo se arrimó a las piernas de Jack y éste lo levantó. Esa mañana tenían los bolsillos llenos de pepitas y polvo de oro. Ahora ni siquiera podían pagar su pasaje de regreso. Se preguntó si alguna vez podrían volver junto a tía Arabella, Constance y Sarah.

–Extraño –dijo Praiseworthy.

Regresaron al bote y Jack metió el gatito dentro de su camisa. Atracaron en el muelle y se dirigieron a la ciudad tratando de encontrar al capitán Swain. En su lugar, encontraron al señor Azariah Jones, el comerciante yanqui.

Estaba de pie, delante de una tienda de subasta, al lado de un barril de encurtidos de pepino.

–¡Maldita sea! –dijo con una carcajada–. Reconozco al muchacho, pero, ¿es usted, el que está detrás de las patillas y la camisa roja de minero?

–Soy yo –dijo Praiseworthy.

–Sírvanse pepinillos. Ahora soy un subastador. ¿Tuvieron mala suerte en las excavaciones?

–Puede decir que sí –dijo Praiseworthy.

–Sírvanse pepinillos. Parecen tener hambre.

–¿Qué sucedió con el *Lady Wilma* y el capitán Swain? –preguntó Praiseworthy.

–Lo mismo que sucede con casi la mitad de los barcos que llegan aquí con la fiebre del oro. Su tripulación se marchó a las excavaciones. Hay más de doscientos barcos pudriéndose anclados. Abandonados. El capitán Swain ni siquiera pudo contratar suficientes hombres como para descargar la mercancía. Finalmente, se dio por vencido, disgustado, y se compró un pasaje de regreso. Sírvanse pepinillos.

–¿Está todavía el doctor Buckbee en San Francisco? –preguntó Praiseworthy, tomando un pepinillo.

–No. Se curó de la fiebre y se resignó a la pérdida de su mapa. Escuché que ejercía como veterinario, atendiendo caballos, en algún lugar río arriba. Le va bien. A mí también me fuera bien si no fuera por las ratas. La ciudad está llena de ellas. Casi no se puede estar de pie en la calle, sin sentir que algo comienza a roerte los pies. Hace poco recibí un poco de harina de Chile y las ratas están acabando con ella.

–¿Ratas? –preguntó Praiseworthy.

–¿Dijo ratas? –agregó Jack.

El señor Azariah asintió.

–Subasté ayer un gato por quince dólares.

–¿Gatos? –preguntó Praiseworthy.

–¿Dijo usted gatos? –agregó Jack, sacando el gatito de su camisa.

El señor Azariah Jones lo tomó como si fuese una pepita de oro.

Praiseworthy le hizo un guiño a Jack y miró al señor Azariah Jones directamente a los ojos.

–Puedo asegurarle que Jack y yo podemos suministrarle una cantidad ilimitada de gatos ratoneros. Sólo dénos un par de bolsas y regresaremos.

La subasta de gatos atrajo tal multitud que la calle estaba casi bloqueada. Todos los comerciantes necesitaban un gato ratonero y la subasta estuvo muy animada. A media subasta, una señal desde la Colina de Telégrafos anunció la llegada de un buque velero, pero casi nadie se marchó. Al final de la tarde Praiseworthy y Jack tenían una cantidad tintineante de piezas de oro en los bolsillos. Su participación por la venta de los gatos llegaba a casi cuatrocientos dólares.

Se dirigieron al muelle para averiguar acerca del pasaje de vuelta a casa. El buque recién llegado había anclado y ahora los pasajeros estaban desembarcando. Jack se detuvo repentinamente. Vio a una niña con un traje de viaje oscuro que se parecía a su hermana Sarah. A su lado estaba otra niña más alta que le recordaba a su hermana Constance. Junto a ellas estaba una mujer con un sombrero de paja y los ojos verdes que era exactamente igual a su tía Arabella.

¡Era tía Arabella!

Jack apenas podía creer lo que veía. Y entonces se dio cuenta de que Praiseworthy tambíen se había quedado inmóvil.

Pero la mujer y las dos niñas pasaron de largo, como si fueran unos desconocidos.

–¡Sarah! –gritó Jack.

La niña más pequeña volvió la cabeza.

–¡Constance! –exclamó Jack.

La otra niña se volvió.

–¡Señorita Arabella! –dijo Praiseworthy.

La mujer se dio vuelta. Y entonces, a pesar de las botas altas, las camisas rojas de mineros y los sombreros gachos, reconoció a su sobrino y al mayordomo, que habían dejado Boston hacía tantos meses.

–¡Jack! ¡Querido Jack! –gritó tía Arabella.

Hubo gritos de alegría y corrieron al encuentro unos de otros. Jack desapareció entre los abrazos.

Praiseworthy se mantuvo a una corta distancia. Y después, enjugándose los ojos con un pañuelo, la tía Arabella se enderezó, sonrió y dijo:

–Hola, Praiseworthy.

–Hola, señorita Arabella.

–Usted, está tan cambiado. Los dos.

–Sí, señorita.

–Estoy encantada de verlo, Praiseworthy.

–Y yo estoy asombrado de verla, señorita Arabella, y a la señorita Constance y a la señorita Sarah.

Repentinamente, todos hablaban a la vez.

–Vendimos la vieja casa –dijo Constance.

–Tan pronto como fue posible –agregó Sarah.

–Era demasiado grande y estaba llena de viejos recuerdos –dijo la tía Arabella, sonriendo–. Cuando descubrimos la nota de Jack en el servicio de té, diciendo que los dos se marchaban a California, las niñas y yo no pudimos esperar para seguirlos. Era tiempo de librarnos de esa casa, del pasado. Es como estar libre de una maldición. ¡Déjame mirarlos!

–¿Encontraron oro? –preguntó abruptamente Sarah.

–Mucho –dijo Jack, con orgullo. Y ahora, bebo café.

–¡Café! –exclamó Constance.

–Me llaman Jack Jamoka en las excavaciones.

–¡Qué terrible! –rió tía Arabella. –Se dio vuelta hacia Praiseworthy, mirándolo con un parpadeo de ojos verdes–. ¿Y cómo lo llaman a usted?

–Látigo Largo, señorita.

–Qué temeroso. ¿Qué sucedió con su sombrero negro, su levita y su paraguas?

–Desaparecieron. Si como dicen, el hábito hace al monje, señorita Arabella, supongo que soy un minero. Quizás es tiempo de que yo también me desprenda del pasado.

–Me parece que es usted un minero muy atractivo –sonrió tía Arabella.

–Aquí un hombre es tan bueno como otro.

Tía Arabella se irguió.

–Siempre lo creí así.

–¿Regresará a Boston? –preguntó Praiseworthy.

–Desde luego que no.

Eso cambiaba todo y Praiseworthy entornó un ojo, igual que Billy Pino-tea. Después se rascó la barba.

–En ese caso...se detuvo para llenarse de valor. Quiero decir...

–Si ya no soy un mayordomo... Lo que estoy tratando de decir es... Bueno, en California decimos las cosas directamente.

Tía Arabella sonrió.

—Entonces no se vaya con rodeos, Praiseworthy.

—Vea.

—¿Sí?

—Quiero decir que las mujeres son escasas por aquí, señorita Arabella. Antes de que recorra una manzana va a tener diez propuestas de matrimonio.

—Qué maravilla.

—Lo que quiero decir es que...

—¿Sí?

Se aclaró la garganta.

—Quizás éste no es el momento ni el lugar, señorita Arabella, pero cuando un hombre encuentra oro, no pierde tiempo en establecer su propiedad. —Con súbita decisión,

Praiseworthy se quitó el sombrero. Su boca estaba tan seca como salmón curado, pero siguió hablando–. Si va a recibir propuestas de matrimonio, quiero ser el primero de la línea. No tengo vicios dignos de mencionarse, a pesar de que me ha dado por fumar cigarros fuertes. Para decirlo claramente, señorita Arabella, ¿me haría el honor de ser mi esposa?

Constance y Sarah comenzaron a saltar.

–¡Oh, dígale que sí, tía Arabella! Sabemos que le dio su retrato, hace mucho tiempo.

–¡Lo lleva en el bolsillo de la camisa! –exclamó Jack.

Tía Arabella sonreía a través del brillo húmedo de sus ojos.

–¿Casarme contigo? Pero, por supuesto. Pensé que nunca me lo pedirías.

–¡Por la gran cuchara de cuerno! –exclamó Praiseworthy, boquiabierto. Jack no lo había visto nunca tan turbado. Lo observó. Constance y Sarah hicieron lo mismo.

Repentinamente, Praiseworthy les sonrió a los tres.

–Jóvenes, si no dejan de mirarme les daré una sacudida con un cepillo.

Jack estaba encantado escuchándolo. Continuó boquiabierto lo mismo que Constance y Sarah.

Tía Arabella se sostuvo el sombrero de paja, contra una ráfaga de viento.

–Entonces regresaremos a los yacimientos de oro con ustedes, ¿verdad?

–Oh, no es lugar para mujeres y niños –dijo Praiseworthy.

–Podríamos construir una cabaña –dijo Jack–. Como Jackson Cuarzo.

–Quizás –dijo Praiseworthy. <<En alguna colina, cerca del murmullo del río>>, pensó. Hasta podría llevar un libro de leyes, para leerlo de noche. A las excavaciones no les vendría mal un buen libro de leyes, y un hombre tenía que pensar en labrarse un futuro.

Praiseworthy puso la mano de tía Arabella en su brazo y comenzaron a caminar por el muelle.

Parecían una familia. Se sentían como una familia. Eran una familia.

FIN